KB066397

꼬마 성자

꼬마 성자
고정욱 산문집

초판 인쇄 | 2011년 3월 28일
초판 발행 | 2011년 3월 30일

지은이 | 고정욱
펴낸이 | 신현운
펴는곳 | 연인M&B
디자인 | 이수영 이희정
기   획 | 여인화
등   록 | 2000년 3월 7일 제2-3037호
주   소 | 143-874 서울특별시 광진구 자양동 680-25호(2층)
전   화 | (02)455-3987 팩스 | (02)3437-5975
홈주소 | www.yeoninmb.co.kr
이메일 | yeonin7@hanmail.net

값 11,000원

ⓒ 고정욱 2011 Printed in Korea

ISBN 978-89-6253-079-7 03810

고정욱 산문집

꼬마 성자

"선생님, 이 돈 나 대신 기부해 주세요"

연인M&B

전업 작가로서 글을 쓰고 독자들을 만난 지도 어언 20
년이 넘었다. 첫 책이었던 『글힘돋움』이 1990년에 나왔
으니 어느 순간에 그토록 빨리 세월이 흘러갔는지 알
수가 없다.

글로 나의 존재 의미를 확인하고 나의 생각을 널리 알
리며 조금이라도 세상을 바꿔 보겠다는 치기 어린 마음
으로 정말 많은 시간을 글을 쓰며 보냈다는 생각이 든
다. 평생 글쓸 수 있었으면 좋겠다는 초심으로 지금까
지 버텨 왔는데 과연 얼마나 의미가 있었는지는 알 길
이 없다. 확실한 것은 그래도 20년 넘는 세월을 한눈팔
지 않고 작가와 장애인으로서의 삶을 치열하게 살아 냈
다는 자부심이다.

나의 일상은 정말 단조롭기 짝이 없다. 하루 종일 글

을 읽거나 쓰는 일 뿐이고, 어쩌다 가끔 있는 강연이나 사회 활동이 전부다. 삶을 단순화하지 않으면 뜻하는 바대로 글쓰기에 몰입할 수 없다는 것을 알기에 깊은 산속에 들어가 도를 닦는 고승처럼, 절벽 위 봉쇄 수도원의 수도사처럼 살려고 노력했다. 그 결과로 많은 소설을 썼고, 동화를 썼고, 잡문들을 써서 세상을 어지럽혔다.

이제 최초로 나의 문학적 편린들을 모아 산문집을 내게 되었다. 소설가라면 소설만, 동화작가라면 동화만 써야 한다고 한때 치기 어리게 큰소리쳤던 기억이 있다.

산문 역시도 낙엽 위에 시를 지어 강물에 띄워 보내는 것과 같은 행위였다. 한 번 흘러간 낙엽 위의 글은 시간이 지나면 잊혀지게 마련이다. 그게 또 정상이다. 세상이 얼마나 빠르게 변하며 사람들의 취향 또한 얼마나 쉽게 바뀌는가. 과거에 써서 보낸 글들이 무슨 의미일까.

그렇지만 어딘가에서 그 흘려보낸 낙엽을 주워서 모아 보는 사람이 있었다. 한 번쯤은 묶어서 독자들에게 보답해야 할 필요성이 생긴 것이다. 이는 길가의 버려진 종이들을 주워 모아 손자들 용돈을 줄 수 있으면 좋겠다는 폐지 수거 노인의 마음과도 비슷하리라.

글을 쓰면서 얻은 깨달음은 나에게 문학이 없었으면

어땠을까 하는 상상으로 가늠이 된다. 문학은 나의 저주이며, 나의 구원이었다. 힘들고 어려운 삶이었지만 문학이 있었기에 나의 삶을 지킬 수 있었고, 문학이 있었기에 이 사회 일원으로서 당당하게 사람들과 어깨를 겨눌 수 있었다.

이제 내 생애 처음으로 작은 산문집을 하나 엮어 세상에 내보낸다. 단 한 명이라도 읽고 나란 사람이 치열하게 문학을 통해 삶을 살았음을 깨닫는다면 그보다 더한 위로는 없겠기 때문이다. 그리하여 내가 꿈꾸는 더불어 사는 세상을 만드는 날을 하루라도 더 당길 수 있다면 무엇을 더 바라겠는가.

2011년 새봄
고정욱

| 차례 |

2. 갈고 닦자, 나 자신을

3. 더불어 사는 세상을 위하여

1. 그래도 소중한 어린 시절

장애도 귀한 삶이다

어린 시절 성탄절 즈음이면 흑백텔레비전은 예수님 관련 영화를 화면에 띄웠다. 평소에 보기 힘든 대작 영화들인지라 어린 나는 졸린 눈을 비비며 그런 영화를 끝까지 보곤 했다. 그 가운데 한 영화에서 기적을 행하는 예수님이 장애를 가진 여인에게 다가가 일어나 걷고 싶냐고 물었다. 그러자 여인은 의외의 대답을 했다.

"아닙니다, 주님. 주님을 뵌 것만으로도 행복합니다."

예수님은 축복을 준 뒤 무리를 이끌고 지나갔고 여인은 그냥 장애인으로 남았다. 그저 지극히 환한 미소를 지으며……

어린 시절 나는 하늘을 원망한 적이 있다. 아무 죄도

짓지 않았고, 아무 잘못도 없는데 왜 소아마비에 걸려 장애인이 되었느냐고…….

다른 것 어느 하나 부족한 게 없는 나에게는 장애가 치명적 약점이었다. 간절히 하고픈 반장도 할 수 없었고, 친구들과 뛰놀 수도 없었다. 장애는 그야말로 어린 영혼의 족쇄였고 거부할 수 없는 숙명이었다.

아무리 찾으려 해도 내 장애의 원인에 대한 존재론적인 질문의 해답은 어디서도 구할 수 없었다. 아니, 애초부터 그건 어린아이가 해야 할 질문이나 고민이 아니었다.

시간이 흐를수록 나의 해맑은 얼굴은 어두워졌다. 어린 시절 사진 가운데 환하게 웃으며 찍은 것이 변변히 없는 이유가 바로 그 때문이다. 풀리지 않을 고민을 끝없이 해대니 왜 안 그렇겠는가. 장애아였던 나는 그렇게 골치 아프고 해답 없는 문제를 품에 안은 채 성장했고, 매일 만나는 장애의 고통과 그로 인한 세상의 차별과 편견을 경험해야 했다. 때론 싸우고, 때론 무시하고, 때론 무기력하게 당하면서…….

어느덧 나는 성장해 작가가 되었다. 소설을 쓰고, 대학에서 강의를 하고, 다양한 활동을 하던 어느 날 문득 동화를 써야겠다는 생각을 했다. 나의 세 자녀들에게 읽힐 재미있는 동화, 다른 작가들이 다 쓰는 그런 것이 아닌, 나만의 이야기를 궁리하다 문득 떠오른 것은 바로 장애였다. 장애는 내 삶에서 결코 벗어 버릴 수 없는 독특한 경험이자 삶의 화두 아닌가. 이걸 제외하고 내가 무엇을 쓴단 말인가.

그래서 쓰게 된 동화 『아주 특별한 우리 형』이 예상 외로 독자들의 크나큰 사랑을 받게 되었다. 이어지는 작품들도 많은 주목과 함께 장애인에 대한 인식을 개선시키며 큰 반향을 일으켰다. 현재까지 쓴 170여 권의 책들의 주종은 바로 장애를 주제나 소재로 한 동화였다.

강연 요청도 이어졌다. 작년(2010년) 같은 경우 130여 차례의 강연을 전국으로 다녔다. 정신없이 바쁘게 집필과 강연이라는 작가의 삶을 살았다.

어느 날 문득 나는 숙명을 깨달았다. 이런 일을 하라고 내가 장애인이 되었다는 하늘의 목소리를 들은 것이다. 나 같은 사람도 하나 정도 장애인이 있어서 재능을 가지고 글을 써 장애의 고통과 아픔을 널리 알려야 할 것이 아니냐는 말씀이었다. 어느덧 내 눈에서는 눈물이 흘렀다. 나의 소명을 발견한 기쁨이 온몸을 사로잡았다.

맞다. 장애도 사람의 일이다. 장애인도 사람이다. 약간 다를 뿐이지 그들은 틀린 게 아니고, 고통을 받고 차별과 편견에 시달리는 것은 정상이 아닌 거다. 내 작품에 등장하는 장애인들의 생명의 빛깔도 그래서 처연한 아름다움이다. 열악한 환경에서 자란 꽃의 색깔이 더 선명하고 곱듯, 장애의 아픔을 그린 내 작품은 주제의식이 분명하고, 독자들에게 전달하려는 메시지가 도드라질 수밖에 없다. 장애인도 똑같이 하루하루를 은혜롭게 살아야 할 권리가 있으며, 그 누구도 장애인을 차별할 수 있는 자격이나 특권을 부여받았다는 말을 나는 그 어디에서도 듣지 못했다.

비로소 나는 어린 시절 본 영화 속의 장애 여인이 왜 기적이 없어도 행복하다고 했는지 알 수 있었다. 장애 유무와 상관없이 삶은 모두 고결한 것이기 때문이다. 생명의 빛깔이 찬란히 빛나는 데에는 장애가 오히려 더 큰 역할을 하는지도 모른다.

하려다 울어 버린 숙제

요즘 간간이 청소년이나 어린이들에게서 인터뷰 요청이 온다. 작가라는 직업에 대해 알아 오라는 학교 숙제 때문이다.

*작품을 쓰실 때는 어떤 생각을 하며 글을 쓰시나요?
*작가라는 직업을 어떻게 선택하게 되셨나요?
*어렸을 때의 꿈은 무엇이었나요?
*어렸을 때의 꿈이 바뀌게 된 동기는 무엇인가요?
*지금 하시는 일에 어느 정도 만족하시나요?
*작가가 하는 일에 대해 소개해 주십시오.
*작가란 어떤 것인가요? (가져야 하는 마음가짐, 조건 등)

끝으로 앞으로의 작품 계획을 말씀해 주십시오.

별 희한한 숙제 다 있다고 생각했는데 좀 더 알아보니 이와 흡사하게 서울시청이라든가, 각종 사회편의시설에 대해 조사하는 숙제가 많다는 거다.

그런 숙제에 대비해 시청 같은 곳은 아예 외부 학생들이 방문하면 친절하게 맞이하는 안내센터도 있다고 했다. 참 격세지감을 느끼지 않을 수 없다.

내가 초등학교를 다니던 6, 70년대는 우리 사회에 아직 6·25전쟁과 4·19, 5·16 등 격동의 여진이 남은 가난하고 팍팍한 시절이었다. 그 무렵 초등학교 학급은 80명 가까운 콩나물 교실이었고, 2부제 수업은 다반사였다. 그렇지만 학교의 운영은 요즘과 다를 바 없어서 선생님들은 숙제를 내주었고 아이들은 집에 와서 그 숙제를 해야 했다. 못해 가는 아이들은 벌을 받아야 했으며, 그걸 모면하려고 학습전과가 있는 친구 집에 숙제를 싸들고 가는 일도 있었다.

그러던 어느 날 우리 선생님께서는 아이들에게 제법 특이한 숙제를 내주셨다. 소방서나 경찰서 등등을 방문해서 무슨 일을 하는지, 그곳 사람들에게 물어보고 조사해 오라는 거였다. 사회 과목의 〈우리 동네의 공공기

관〉뭐 이런 단원을 배울 때였으리라. 요즘이야 인터넷이 발달해 있으니 일도 아닌 숙제지만 그 당시에는 직접 가서 체험하고 조사해야만 할 수 있는 숙제였다.

내가 맡은 곳은 동사무소였다. 동회라고 줄여서 부르기도 한다는 것도 그때 처음 알았다. 동네에 사는 같은 반 아이들과 함께 목발 짚은 나는 동회를 찾아갔다. 모두 동회를 숙제로 맡은 아이들이었다.

하지만 태극기가 걸려 있고 제법 번듯한 건물인 동회 앞에서 우리는 주저할 수밖에 없었다.

"야, 네가 먼저 들어가."

"네가 들어가."

서로 머뭇거리다 가장 용감하다는 기호가 앞장을 섰다. 그런데 쭈뼛거리던 우리들에게 동사무소에 앉아 있던 근엄한 아저씨가 묻는 게 아닌가.

"너희들 무슨 일이냐?"

"저 학교에서…… 동사무소에 대해서……."

"뭐라구?"

"동사무소가 뭐하는 곳인지……."

"이놈들, 장난치지 말고 썩 꺼져! 여기가 무슨 놀이터인 줄 알아!"

아저씨는 다짜고짜 고함을 지르고는 우리를 거칠게

쫓아냈다. 아마도 우리가 무슨 말썽이나 피우러 온 줄 안 것이리라.

"으아앙!"

밖으로 밀려난 우리는 무안하기도 하고 속상하기도 해 누가 먼저랄 것도 없이 울어 버렸다.

다음 날 학교에서 우리가 동회에 찾아갔다가 쫓겨났다는 말을 들은 선생님은 더 이상 아무 말씀하지 않으셨다. 한마디라도 그 직원이 잘못되었다거나, 너무했다고 말했으면 우리의 억울함이 좀 풀렸을 텐데. 지금 돌이켜 보면 그때 직원이 친절하게 우리들을 상대해 주었더라면 얼마나 좋았을까 싶다. 그랬으면 어른들과 관공서, 더 나아가 이 사회를 보는 시선도 훨씬 따뜻했을 텐데.

요즘도 간혹 위압적이고 무사안일에 빠져 있는 공무원들을 보게 된다. 늘 하는 타령은 예산 부족, 인력 부족이다. 그리고 불친절함과 무뚝뚝함도 남아 있다. 그 가운데 최고로 꼽고 싶은 것은 그들의 권위적인 무표정이다. 웃어서도 안 되고 표정의 변화가 민원인들에게 간파되어서도 안 된다는 교육을 따로 받기라도 하는 걸까? 지금도 관공서에 가려면 지레 주눅이 드는 것이 어쩌면 그런 사건의 기억들 때문이 아닐까 싶다.

작가가 되어 강연회 등으로 어린이들을 자주 만나는

나는 최대한 친절하게 그들을 대하려고 노력한다. 가끔
은 의외로 어려운 질문에 대답하느라 진땀 깨나 흘리지
만 무심한 나의 태도가 어린 마음에 큰 상처를 주지 않
도록 하기 위해서……

장애는 부끄러운 일도, 상 받을 일도 아니다

"정욱이 어머니, 졸업식 날은 옷 좀 예쁘게 입고 오세요."

1970년대 초반 초등학교 졸업을 앞둔 어느 날 방과 후에 학교에 온 어머니에게 담임 선생님이 한 말이었다. 집안 형편이 어려운 건 아니었지만 어머니의 복장은 늘 작업바지나 월남치마 차림이었다. 장애아인 나를 아침저녁으로 업어서 학교에 데리고 다니려니 그렇게 될 수밖에 없었던 거다.

"아니 왜요?"

"졸업식 날 교장 선생님께서 장한 어머니상을 드리기

로 했습니다."

나는 평생을 혼자 힘으로 걷거나 설 수 없는 운명을
안고 살아가야만 했다. 집에서는 늘 기어서 안방에서
건넌방으로 움직였다. 당연히 밖에 나가 돌아다니는 건
꿈도 꾸지 못할 일이었다. 간혹 아버지가 번쩍 안아서
동네 한 바퀴를 돌려 주면 그건 정말 큰 기쁨이었다. 다
른 아이들은 늘 나가 뛰노는 골목길이 나에게는 그림의
떡이나 마찬가지였다.

그런 장애 소년에게 유일한 구원은 책 읽기. 책만 펼
치면 나는 톰 소여와 함께 미시시피 강에서 뗏목을 탔
고, 달타냥을 비롯한 삼총사들과 모험을 펼칠 수 있었
다. 자연스럽게 나는 책벌레가 되었다. 밖에 나가 뛰놀
지 못하는 대신 나에겐 그런 친구들이 있었던 것이다.

하지만 또다시 내 인생에 폭탄이 터졌으니 그것은 바
로 취학 통지서였다. 장애인의 운명은 대개 이 취학통지
서에 의해 결정된다. 대개 학교를 가지 못하고 집에서만
수십 년을 머무는 재가在家 장애인이 되기 때문이다.

"정욱아, 업혀라. 학교 가자."

어머니는 입학식 날 나를 향해 등을 돌리셨다. 나는
어머니의 그 등에 업혀 500미터쯤 떨어진 학교로 향했
다. 가슴에 손수건을 매단 또래 꼬맹이들이 업혀서 학

교 가는 나를 동물원 원숭이 보듯 했다. 그 시선은 학교에 가서까지 계속 이어졌다. 나는 비로소 내가 남들과 다른 장애아라는 사실을 뼈저리게 확인했다.

그날 이후 어머니의 고난의 행군은 시작되었다. 비가 오나 눈이 오나 어머니는 나를 업고 학교를 갔다. 그럼에도 지각, 결석 조퇴라는 건 있을 수 없는 일이었다. 아침에 한 번 학교 교실에 데려다 놓고 집에 와서 살림을 하다가 오후에 한 번 더 학교에 와서 나를 업고 집에 와야 했다. 그 덕에 우리 집은 어머니가 살림을 제대로 할 시간이 부족해 늘 폭탄 맞은 집 같았다. 동생들이 어질러 놓은 물건들이 사방에 흩어져 있었다. 초, 중, 고 12년 개근은 그렇게 해서 이루어진 결과물이다.

때론 혀를 끌끌 차는 주위의 시선도 있었다.

"멀쩡한 애가 왜 업혔누?"

"병신인 모양이야."

지나가는 할머니들이 마치 못 볼 것이라도 본 것처럼 말해도 어머니는 꿋꿋했다. 그러나 그 속은 어땠을지 조금은 상상이 된다. 장애인은 그 주위 가족, 친구까지도 장애의 느낌을 갖게 만들기 때문이다.

게다가 내가 점점 자라면서 덩치가 커지는 것도 문제였다. 자녀의 성장은 부모의 기쁨이겠지만 나를 업고 다녀야 하는 어머니 입장에서는 고역이 아닐 수 없었으리라. 한 해 한 해 체력이 떨어지셨을 텐데 아들은 점점 더 무거워지니 봄부터 가을까지 나를 업은 어머니 목덜미에서 굵은 땀방울 흐르는 걸 볼 수밖에 없었다.

그러면서 어머니는 나에게 이거 해라 저거 해라 잔소리 한번 하신 적이 없었다. 그저 묵묵히 나를 업은 팔에 힘을 줄 뿐이었다. 그런 어머니의 희생을 보는 아들인 나. 어찌 감히 허튼 생각을 할 것인가. 어머니의 그런 땀과 노력과 희생을 헛되게 하면 안 되겠다는 생각만 들었다. 그 어떤 훈육보다 더 큰 가르침이 나를 휘감아 돌았던 것이다. 어머니야말로 자신의 모든 것을 내게 바친 희생의 전형이었다.

장한 어머니상을 드리겠다는 담임 선생님께 어머니는 감정을 조절하며 말했다.

"선생님, 세상에 어느 엄마가 자기 자식이 몸이 불편해도 학교 가겠다는데 업어서 나르지 않겠습니까? 이건 엄마라면 누구나 하는 당연한 일입니다. 당연한 일을 했는데 왜 상을 주신다고 하세요? 저는 그런 상 안 받습니다."

어머니는 그 말만 남기고 나를 업고 쌩하니 집으로 오셨다. 싸늘한 어머니의 얼굴 표정을 처음 본 나는 등에 업힌 채 입을 다물어야만 했다. 갑자기 목에 매달린 내 손등 위로 어머니의 눈물이 뚝뚝 떨어졌다. 그날 어머니는 이렇게 말했다.

"정욱아, 장애는 부끄러운 일도 아니지만 상 받을 일도 아니란다. 그건 너의 운명일 뿐이야. 그러니 주어진 운명 안에서 최선을 다해 열심히 살아라."

어머니는 아버지가 일 년간 월남에 싸우러 갔을 때도 울지 않으셨다. 아무리 살림살이가 쪼들려 끼니거리가 부족해도 결코 좌절하지 않으셨다.

그런 어머니가 난생 처음 흐느끼며 내게 처음이자 마지막으로 당부하시던 그날 나는 다시 태어났다. 장애라는 굴레에서 벗어나 그 불리함을 박차고 세상으로 나아갈 결심을 비로소 하게 되었다. 국민교육헌장의 한 구절처럼 나는 장애라는 처지를 약진의 발판으로 삼아, 창조의 힘과 개척의 정신을 기르게 된 것이다.

온몸으로 사랑을 실천한 우리 어머니. 지금은 사 남매를 다 키워 내보내시고 편안한 여생을 보내고 계신 우리 어머니. 그런 어머니에게 나는 지금도 운명을 헤치고 세상을 바꾸는 자랑스러운 아들이 되려고 노력하고 있다.

나를 만든 것 8할은

잠자리에서 일어나 오늘도 나는 머리맡에 둔 『페르마의 마지막 정리』(영림카디널)를 펼친다. 매일 한 챕터씩 읽는데 20여 분이 걸린다. 할당량을 다 읽은 뒤 자리에서 빠져나와 화장실로 간다. 화장실에는 어제 읽다 만 『고구려사 연구』(사계절)가 변기 물통 위에 엎혀져 있다. 화장실에서 오래 책을 읽으면 좋지 않다고 해서 아주 조금씩 읽는다.

아침밥을 먹으면서는 식탁 옆에 둔 강만수 시집 『시공장 공장장』(맑은소리)를 뒤적인다. 친한 시인의 시집인데 좋은 구절이 있으면 내 글에 인용하려고 어제부터 보는 중이다. 〈달빛 푸른 집〉이라는 시가 눈에 띈다.

달과 별 모두 보이지 않건만
내 가슴엔 푸른빛 달이 떴다

앙가슴 속 은여우 털처럼
희푸르게 휘영청 달이 떴다

불 끄고 눈 감고 푸른빛
빛을 따라가면 보이는 길

기러기 연못 버리듯 별똥별 푸른빛
꼬리에 꼬리 물고 떨어져 내리는

그 길엔 욕심이 없네

—〈달빛 푸른 집〉 전문

   식사를 마친 뒤 요즘 자주 있는 전국 각지의 강연 요
청에 응하려고 차에 오르면 어김없이 옆 자리에는 책
몇 권이 있다. 『장기려 그 사람』(홍성사), 『콜린 파월 자
서전』(샘터) 등. 자동차나 기차, 비행기 등으로 이동하
다가 짬짬이 시간이 나면 여정旅程에 읽는 책들이다.
   요즘은 노안이 와서 가까운 곳에 있는 작은 글씨를 읽

기가 어렵다. 세상은 넓고 읽어야 할 책은 많은데 벌써 몸이 도와주지 않아 속이 상하지만 어쩔 수 없다. 대학 교수들 사이에서도 각주의 작은 글씨가 안 보이면 공부를 접으라고 했다던가.

내가 한글을 깨우친 건 5세 무렵이다. 군인이었던 아버지가 데리고 있던 부하 장병 가운데 한 사람이 매일 와서 나에게 가정교사 노릇을 해 준 덕분이다. 밖에 잘 돌아다니지 못하는 어린 나에게 책을 읽을 수 있다는 것은 크나큰 축복이었다. 대문 밖에서 또래 꼬마들이 악다구니를 쓰며 뛰어놀 때 나는 방 안에서 책을 읽었다. 책 안에 우주가 있었기에 나는 늘 즐거웠다.

독서에 대한 열정 덕에 초등학교 1학년에 들어갈 무렵 나는 이미 시중의 동화책을 거의 다 섭렵했다. 읽고 또 읽어 책 내용을 아예 외우다시피 했다. 지금도 '마리아 스클로도프스카……'로 시작하는 퀴리 부인의 첫 장면을 읊을 정도이니 말이다.

초등학교에 들어가니 가장 먼저 배우는 것이 '가나다라마바사'였다. 이미 수백 권의 동화책을 읽은 나에게 '가에다 기역 하면 각'이라고 소리쳐 외우는 수업이 즐거울 리 없었다. 학교 공부라고는 한 적도 없었지만 늘 성적은 거의 전과목 만점이었다.

지금도 전국 각지에 강연 요청을 받아 가게 되면 이런 이야기를 재미 삼아 하는데 듣는 아이들은 무척 신기해한다. 왜 안 그렇겠는가. 자신들은 학원에, 과외에 시달리며 공부해도 벅찬데 책만 읽고도 성적이 좋았다니.

그 모든 이유는 바로 독서였다. 책의 세계는 교과서와는 비교도 되지 않게 깊고 넓었기 때문이다.

4학년이 되자 시중의 책을 거의 다 읽어 버려 더 이상 사 줄 책이 없어진 우리 아버지는 나에게 당신의 책장에 꽂힌 책을 읽으라고 꺼내 주셨다. 한국문학전집, 세계문학전집, 셰익스피어 전집, 박종화, 이광수 전집 등…….

중학교 들어가기 전에 그 모든 책들을 읽어 버린 나는 이미 조숙한 아이로 변해 있었다. 그런 나를 보고 중학교 1학년 담임 선생님은 소설가가 되라고 하셨다. 하지만 그때 나는 이공계로 진로를 정해 둔 상태였다. 그리고 왠지 문학을 하는 사람들은 퇴폐적이고 전혀 생산적이지 못한 사람이라는 이미지에 사로잡혀 있었다.

고등학교 3학년이 되어서야 비로소 나는 내가 원하는 의대 진학이 불가능함을 알았다. 장애가 있기 때문이었다. 의대뿐만 아니라 공대, 자연계, 그 어느 곳도 장애인의 진학이 불가능했다. 실험, 실습을 따라 할 수 없기 때문이다.

그래서 좌절하고 있을 때 고3 담임 선생님께서 길을 일러 주셨다. 그건 바로 이과가 안 되면 문과로 가면 된다는 거였다. 헬렌 켈러의 말 "신은 인간의 문을 닫으면 창문을 열어 주신다."가 현실화하는 순간이었다.

결국 내가 선택한 과는 국어국문학과. 원한 적도 없고 생각지도 않았던 학과였다. 학교에 들어와 보니 국문과는 별명이 굶는 과란다. 어이가 없었다. 문학을 전공해서 직업으로 삼는 것이 얼마나 어려운 일인지 단적으로 드러내는 표현이었다.

그렇지만 사필귀정事必歸正이라는 말이 있다. 모든 일은 반드시 바르게 되는 법이라고. 책읽기를 좋아했던 나는 국문과에 딱 맞는 학생이었다. 그 결과 오늘날 작가가 되어 많은 독자들의 사랑을 받으며 행운의 삶을 살고 있다. 이 모든 행운과 보람의 바탕에는 어린 시절부터 책을 좋아하던 기질이 자리잡고 있다.

강연 장소에 도착해서도 남는 시간에 가져 간 책을 읽는다. 자리를 잡고 앉아 가방에 넣어 간 솔제니친의 소설『암병동』(일신서적)을 꺼내 읽는다.

강연을 통해 나의 삶과, 장애인의 문제, 더불어 사는 세상에 대해 이야기를 하고 집에 돌아와 씻고 자리에

누우면 저녁에 읽기 좋은 책, 『선택의 길』(자유로운 상상)을 펼쳐 하루의 삶을 반성한다. 물론 옆에는 내일 아침에 읽을 『페르마의 마지막 정리』가 새로운 날 자기 차례가 돌아오기를 얌전히 기다린다.

책과 더불어 깨어나고 책과 더불어 잠드는 나의 하루가 이렇게 저문다. 오늘날의 나를 만든 것의 8할은 독서였다.

땀에 젖은 아버지의 등

지금은 사라진 질병인 소아마비. 그 병의 막차를 탄 나는 돌 무렵에 양쪽 다리가 마비되어 1급 지체장애인으로 평생을 살고 있다. 그런 나를 고쳐 보려고 무던히도 노력하신 우리 부모님들의 슬픔과 고통, 그리고 눈물은 필설로 다 표현하기 힘들 것이다.

아무튼 그런 노력에도 불구하고 이미 내 장애는 엎질러진 물이었고 돌이킬 수 없는 지경이었다. 아무리 노력해도 병세가 나아질 것 같지 않을 즈음 우리 부모님은 나의 장애를 서서히 받아들이는 것으로 삶의 가닥을 잡아 나갔다. 거기엔 운명론이 한몫을 했으리라.

그 후 나는 특수학교가 아닌 일반 초등학교를 입학했

고, 어머니의 등에 업혀 학교를 다녔다. 혼자 힘으로 서거나 걸을 수 없는 나를 보고 사람들이 흔히 품는 잘못된 생각 가운데 하나는 내가 무척이나 걷고 싶고, 뛰고 싶으며 비장애인들을 부러워할 것이라는 점인데 실상은 그렇지 않다. 아예 불가능한 일에 희망을 걸거나 미련을 갖는 어리석음을 장애인들은 범하지 않는다. 장애가 사람을 일찍 철들게 하기 때문이다.

부모님은 장애가 있음에도, 혹은 장애가 있기에 강한 호기심을 가진 나를 위해 좋은 구경거리가 있다거나 하면 최대한 보여 주려 애쓰셨다. 초등학교 6학년 때로 기억한다. 토요일 오후에 귀가하신 아버지는 나와 동생들에게 새로운 산업 전람회를 구경 가자고 하셨다. 그건 물론 나의 견문을 넓혀 주기 위함이었다.

요즘이야 안 그렇지만 당시에는 그런 구경거리가 무척 적을 때였다. 게다가 요즘처럼 눈코 뜰 새 없이 바쁘지도 않은 시절이니 구경거리에 사람들이 몰리는 게 당연했다. 여의도 광장엔 긴 줄이 늘어서 있었다. 나를 업고 갔다 그 줄을 보신 아버지는 한 치의 망설임도 없이 줄의 앞부분으로 다가가 그곳에 서 있는 중고생들에게 말하는 것이었다.

"어이, 학생들. 미안해. 우리 애가 몸이 불편해서 새치기 좀 하자구."

아버지의 넉살에 중고생 형들은 순순히 자리를 양보해 주어서 나는 긴 줄 서지 않고 바로 입장할 수 있었다. 그러나 나의 얼굴은 화끈거리기만 했다.

그러나 아버지는 나의 그런 심정을 묵살했다. 몸이 불편한 장애인이 갖는 당연한 권리라고 생각한 것이다. 이미 장애로 인해 동등한 조건으로 경쟁하거나 생활하기 어려울 바에는 비장애인들이 편의를 봐주고 배려해야 한다는 생각을 하셨던 것이다.

나중에 커서 내가 미국 등의 선진국을 다녀 보니 장애인의 줄 서기라는 건 아예 있지도 않았다. 아무리 긴 줄이 늘어서 있어도 장애인은 언제나 맨 앞. 디즈니랜드를 갔을 때 미국 사는 조카는 걱정스럽게 말했다.

"고모부, 하루에 디즈니랜드 다 볼 수 없어요. 너무 줄이 길어요."

그러나 이게 웬일. 휠체어를 탄 내가 나타나자 각종 놀이기구 앞에 섰던 직원들이 우선적으로 오라고 하더니 제일 먼저 태워 주는 것이 아닌가. 덕분에 신이 난 건 조카였다. 하루 만에 그 많은 놀이기구를 줄 서지 않고 다 타 볼 수 있었으니, 꿈인가 생신가 싶었을 것이다.

그렇기에 아버지의 새치기하는 마음은 당시로선 선

진적(?)인 발상이었다. 물론 당신의 속내는 나를 업고 오랜 시간 줄 서 있기 괴로워서일 수도 있겠지만……아버지 덕에 나는 당시로서는 첨단 산업제품이던 디지털식 전자시계를 처음 구경했던 게 지금도 기억난다.

그 뒤 중학교 3학년 되던 해 여름이었다. 나는 별로 해 보지도 못했으면서 낚시를 좋아했다. 넓은 강이나 호숫가에 앉아 은빛 찬란한 물고기를 낚는 꿈을 늘 꾸는 아들을 둔 아버지의 마음은 참으로 애타는 것이었으리라. 혼자 힘으로는 그 좋아하는 낚시를 다니지 못하는 나를 위해 아버지는 어느 날 도구를 챙겨 동생들과 함께 길을 나섰다. 직장의 동료들에게 어느 곳에 가면 물고기가 많은가를 물어보신 뒤 아버지는 파주 어디쯤의 붕어가 많이 나온다는 오리골 저수지를 알아내신 것이다.

지금도 잊혀지지 않는다. 나는 방학을 했지만 아버지는 휴일이 없기에 7월 17일 제헌절이 우리의 D-데이였다. 아버지는 나를 업고 내 동생들은 낚시 가방을 들고, 우리는 불광동 시외버스 터미널에 도착했다. 찜통 같은 더위에 아버지는 나를 업고 후덥지근한 시외버스에 올랐다. 버스는 이윽고 덜컹거리며 출발했고, 우리는 한참 뒤 목적지에 도착할 수 있었다.

개구리가 풀섶 사이로 튀고 매미 소리 요란한 시골길을 아버지는 나를 업고 하염없이 걸었다. 타는 목마름으로 땀은 비 오듯 흘러 업힌 나도 고역이 아닐 수 없었다. 얼마를 그렇게 걸었을까. 아버지는 나를 풀섶에 앉히고 잠시 쉬었다. 그때 아버지의 등을 질펀하게 적시며 흐르는 땀을 나는 보았다.

"아버지 너무 힘드시죠?"

내가 그런 아버지가 안쓰러워 물었다. 그러자 아버지의 하시는 말씀.

"괜찮다. 우리 아들이 낚시를 하고 싶다는데 내가 어딘들 못 가겠냐?"

난 그 말씀에 목이 메었다.

그날 나는 한 마리의 고기도 낚지 못했다. 더운 여름날의 대낮 낚시가 잘 될 리 없는 건 상식이었다.

그러나 내가 낚은 것이 분명 있었다. 그건 바로 아버지의 사랑이었다. 그러한 아버지의 사랑 덕에 나는 1급 지체장애를 가지고도 작가로서 활동하고 남들보다 더 많은 경험을 바탕으로 지금도 왕성한 호기심과 탐구심으로 사물을 관찰하고 살핀다.

장애가 있지만 노력하면 할 수 있는 것을 포기하지 않으면서 사는 법을 배운 것은 오롯이 나의 아버지의 땀에 젖은 등 때문이다.

햄 앤드 에그

외국에 여행을 가 보면 호텔에서 제공하는 아침 식사는 대개 가벼운 것들이다. 빵에다 간단한 음료와 햄 앤드 에그Ham & Egg인 경우가 많다. 식빵에 이걸 넣어서 먹으면 아침 식사가 가볍게 해결된다.

언젠가 영화를 보는데 주인공이 동료에게 햄과 에그 중에 어느 게 더 고귀하냐고 엉뚱한 질문을 했다. 그 말 뜻을 이해하지 못한 건 영화 속의 동료나 그 영화를 보는 관객인 나나 마찬가지였다. 한 끼의 메뉴에 불과한 그것들 가운데 더 고귀한 게 있을 리 없다고 생각했기 때문이었다.

그러나 주인공의 해석은 멋졌다. 햄은 돼지가 자기 자

신을 온전히 바치고 죽어야만 얻을 수 있는 것이라고
했다. 하지만 에그는 일부만 나눠 주는 것이기에 목숨
을 내놓을 필요는 없다. 그래서 햄이 더 고귀하다는 게
결론이었다.

가만히 생각하니 정말 돼지가 우리에게 햄을 제공하
는 것은 자신의 목숨을 바친 희생이었다. 한 번 바치면
다시는 회복되지 않는 고귀한 희생.

그리고 에그는 닭이 만들 수 있는 많은 알 가운데 하
나를 주는 것이었다. 이건 협조였다. 얼마든지 나눠 줄
수 있는 것이다. 그리고 부담이 적다.

인간은 언제나 관계와 관계 속에서 남의 신세를 지며
살 수밖에 없는 동물이다. 그래서 가장 먼저 배워야 할
말이 '고맙습니다'와 '미안합니다'인 것이다. 내가 그
런 말을 하며 살아야 할 사람들은 대개 햄이나 에그 같
은 사람들이다. 희생과 협조를 해 준 사람들. 그들의 희
생과 협조 없이 나는 살 수가 없다. 아니, 인간 자체가
남과 어울려 지낼 수가 없는 것이다.

과연 나는 얼마나 주위 사람들을 위해 많은 희생과 협
조를 했는지 생각해 볼 일이다. 루소는 희생에 대해 이
렇게 말했다.

우리는 다른 사람의 희생에 의하여 생활하고 있다. 나 자신도 물론 희생하고 있다. 일을 한다는 것은 사회적 인간으로서의 부득이한 의무이다. 때문에 놀고먹는 사람들 모두다 사기꾼이다. 사기꾼 부류에 속하지 않으려면 일해야 한다. 직업이 뭐든 상관없다. 열심히 일하지 않는 사람은 먹지도 말아야 한다.

다소 과격하긴 하지만 맞는 말이다.
협조에 대해서도 좋은 말이 있다. 〈역경〉에서 언급한 말이다.

성실한 마음으로 남과 서로 친하고 협조하면 아무 허물이 없을 것이다. 마음속에 가득 차서 넘칠 만큼 순수한 성의가 있으면 마침내 생각지 않은 뜻밖의 길한 일이 있을 것이다.

데레사 수녀는 한때 잘 나가는 수녀원 원장이었다. 인도의 귀족 집 아이들을 가르치는 학교의 교장이기도 했다. 그건 에그의 삶이었다.
그러나 어느 날 경험하게 된 기차여행에서 수없이 많은 불행한 사람들의 비참한 모습을 보고 자신 삶의 패러다임을 희생으로 바꾸기로 결심했다. 그리하여 안락한 수녀원을 뛰쳐나와 가난한 사람들을 위해 그들처럼 스스로 가난해지고 말았다. 그렇게 자신의 모든 것을 버려야 비로소 가난한 자들과 가까워질 수 있기 때문이었다. 길가에 버려져 죽어 가는 사람들을 데려다 인간답게 존경받으며 죽을 수 있게 해 주었다. 그러는 와중에 수없이 많은 오해와 질시와 탄압을 받았다.

그러나 이미 그녀는 햄이 되기로 결심한 사람. 두려울 것이 없었다. 죽음을 각오하고 자신의 모든 것을 내던진 사람은 더 이상 잃을 것이 없기 때문이다. 두려울 리도 없었다. 데레사 수녀는 심지어 자신이 도와준 사람들에게서 비난받는 어처구니없는 경우도 당했다.

하지만 그녀는 말했다. 가난한 사람을 위해 희생하면 그들이 공격할지도 모르지만 그래도 도와줘야 한다고……

만일 그녀가 에그의 길을 택했다면 아마 오늘날과 같은 존경을 받지 못했을 것이다. 그저 부유한 수녀원의 원장 수녀로 이름 없이 사라졌으리라.

나 역시 그렇게 학교를 다닐 때 모든 열정을 바쳤다. 졸업하는 날 우등상을 받았다. 그 우등상이 나만의 노력에 의해서였을까. 결코 아니다. 오로지 어머니의 단

내 나는 거친 숨결이 일군 결과였다.

물론 내게는 또 수많은 에그들이 있었다. 나의 가방을 일 년 내내 들어다 준 친구들은 부지기수다. 자전거로 학교까지 날 태워다 준 친구도 있었고, 잡다한 심부름을 마다하지 않은 나의 동생들도 있었다. 어찌 보면 오늘날까지 내가 한 일은 별로 없다. 그저 수없이 많은 햄과 에그를 먹은 것밖에.

이제 나는 내가 받은 햄과 에그를 남에게 돌려주려 애쓰고 있다. 나에게도 아내가 생겼고, 양육해야 할 자녀들이 생겼다. 작가로서 많은 활동을 하며 살아가고 있다. 그것은 내가 그들에게 햄과 에그의 역할을 해야 한다는 뜻이기도 하다.

우리는 모두 누군가의 햄과 에그를 먹고 여기까지 왔고 또한 누군가의 햄과 에그여야 한다. 그것이 바로 이 세상을 살아가는 원리이고, 더불어 사는 삶 그 자체이다.

오늘 점심은 정말 햄과 에그를 먹으며 감사 카드 보낼 사람들 리스트나 정리해야겠다.

더 늦기 전에 뵙고 싶은
신영숙 선생님께

선생님 안녕하십니까? 1968년 서울 창천초등학교 1
학년 9반 학생이었던 제자 고정욱입니다. 이름만 가지
고 기억이 안 나시면 그때 어머니 등에 업혀서 하루도
빠짐없이 학교를 다닌 소아마비 장애아라고 하면 생각
이 나실까요?

주로 집에서 어린 시절을 보낸 저는 장애인이어서 부
끄럽다거나 남들과 다르다는 생각을 특별히 해 본 적이
별로 없었습니다. 그러다 취학통지서를 받고 학교를 다
니게 되었지요. 철없던 그때만 해도 제 앞에 얼마나 험
한 난관이 기다리고 있는지 알 길이 없었습니다.

학교엘 가니 1학년들은 막바로 교실에 들어가는 것이 아니고 1주일 가까이 운동장에 모여 율동과 노래를 배우더군요. 두 다리로 서거나 걸을 수 없는 저는 내내 어머니 등에 업혀 있을 수밖에 없었습니다. 그러자 아주머니들이 그런 저를 보고 말하는 거였습니다.

"아이, 쟤두 의자에 앉혀서 팔만이라도 춤추는 걸 따라하게 해야지."

"맞아, 업고만 있으면 엄마가 얼마나 힘들겠어."

그러자 누군가가 교실에서 조그마한 걸상을 하나 가져왔습니다. 저는 그 걸상에 앉아 다른 아이들이 율동과 노래를 하는 동안 운동장 한가운데 돌부리로 박혀 있어야만 했습니다. 파도처럼 움직이며 돌아가는 아이들 사이에 움직임이 없는 외딴 섬. 그게 바로 저였습니다.

저는 오로지 이 생각만 했습니다. 왜 하필 나만 이렇게 장애인이 되었나, 왜 나만 이 넓은 운동장에서 혼자 구경거리가 되어야 하나…… 그때부터 저는 제가 남들과 다른 장애인이라는 사실을 뼈저리게 깨달았습니다.

며칠 뒤 율동을 다 배운 저희들은 교실로 들어갔습니다. 그날 저는 정말 행복했습니다. 교실에 앉아 있으면 다른 아이들과 제가 특별히 달라 보이지 않기 때문이었습니다. 칠판에는 사자와 생쥐의 그림이 그려져 있었습니다. 선생님께서는 우리 코흘리개들에게 커다란 그물에 걸린 사자를 생쥐가 구해 주고 은혜를 갚았다는 이야기를 해 주셨습니다. 지금도 그 이야기가 잊혀지지 않는 건 아마도 교실에 들어간 첫날의 기쁨이 그만큼 컸기 때문일 것입니다.

그러던 어느 날이었습니다. 수업이 거의 다 끝나갈 무렵 저는 앉은자리에서 오금을 조이며 온몸을 배배 틀게 되었습니다.

"왜 그러니?"

"소, 소변이 마려워서요."

선생님의 물음에 저는 기어들어가는 목소리로 대답했습니다.

그때만 해도 초등학교의 화장실은 학교 운동장 한쪽 구석, 멀찍이 떨어진 곳에 있었습니다. 저는 혼자 그곳까지 갈 수 없었기에 늘 어머니께서 오시는 학교가 파할 무렵까지 참고 견뎌야만 했습니다. 대개는 잘 참아서 별일 없었습니다. 물론 그러기 위해 물이나 국 같은 것은 일체 먹지 않았지요. 하지만 그날은 어쩐 일인지 소변이 빨리 마려워 참을 수가 없었던 겁니다.

"안 되겠다. 어서 가자."

선생님은 저를 번쩍 안으셨습니다. 전혀 생각 못했던

일이었습니다. 선생님께서 저를 안고 뛰실 동안 힘없는 제 다리는 허공에서 흐느적거렸습니다. 선생님 덕분에 무사히 저는 화장실에서 볼일을 볼 수 있었습니다.

선생님께서는 저를 다시 교실로 데려와 제자리에 앉히시곤 아무 일 없었다는 듯 수업을 계속하셨습니다. 그게 처음이자 마지막으로 선생님께서 저를 화장실에 데려가 주신 사건이었습니다.

"정욱아, 참지 말고 화장실 가고 싶으면 언제든지 얘기해."

그 후 선생님은 가끔 이렇게 말씀하셨지만 다시는 그런 일이 생기지 않았습니다. 어떻게 해서든지 참거나 방법을 찾아서 해결했기 때문입니다.

그때 선생님은 저에게 과분한 사랑을 주셨습니다. 다른 비장애 아동들 사이에서 기죽지 않고 생활할 수 있도록 칭찬과 격려도 아끼지 않으셨습니다.

1학년을 마치고 성적표를 받았을 때 저는 전과목이 '수' 였고 체육만 '우' 였습니다. 그때 선생님께서 말씀하신 게 기억납니다.

"정욱이는 몸이 성했으면 분명히 체육도 잘했을 거야. 그러니 '우' 를 받을 자격이 있어."

선생님께서 주신 '우' 는 그 뒤 고등학교를 졸업할 때까지 한 번도 받지 못했던 제 생애 최고의 체육 점수였습니다. 늘 '양' 아니면 '가'였으니까요. 장애인 학생들의 점수를 깎아먹는 가장 고통스러운 과목이 바로 체육이었습니다.

선생님, 몇 년 전부터 저는 선생님을 찾고 있습니다. 교육구청, 모교 등 이곳저곳에 전화를 해 보았지만 아직도 정확한 연락처를 못 구했습니다. 어린 시절 상처 입고 세상살이에 좌절했을지도 모르는 저를 배려와 사랑으로 키워 주신 데 대해 깊이 머리 숙여 감사드리고 싶습니다. 선생님이 계셨기에 이 제자는 착한 아내 만나 가정을 꾸리고, 작가로서, 또한 당당한 사회인으로서 이 세상을 살아가고 있습니다.

선생님, 이 글 읽으시면 꼭 연락 주십시오. 화장실까지 안고 뛰셨던 그때의 어린 제자가 선생님에게 받은 은혜를 꼭 갚고 싶습니다. 선생님, 더 늦기 전에 꼭 뵐 수 있으면 좋겠습니다.

제자 고정욱 올림

고향의 힘으로

"여기는 왜 이렇게 안 변했어요?"

"풍치지구잖아요."

"예? 풍치지구요?"

"그래서 기왓장 하나 손 못 대고 이렇게 요 모양으로 살고 있다우."

지금은 쌀집으로 변한 고향집에 가서 인사하니 주인은 우리 아버지의 이름을 알고 있었다. 집문서에 전전 주인으로 기록되어 있다는 것이다. 집은 군데군데 손을 봐 형태가 변했지만 어린 시절 기억하는 모습을 제법 간직하고 있었다.

오랜만에 찾아가 본 나의 고향 동네는 30년 전 모습

그대로였다. 낡아빠진 한옥들은 지붕 위에 비닐을 씌워 새는 빗물을 간신히 막았고, 어려서 내가 낙서하면서 놀던 빨간 벽돌담도 그대로였다. 도심에 가까운 마포구 대흥동 81번지는 변함없는 옛 모습으로 그렇게 무덤덤한 얼굴을 한 채 나를 반겨 주었다.

어려서 뛰어 놀던 공터, 그토록 넓고 커서 널마당이라 불리운 곳은 이제 보니 도시계획선이 지나간 조금 넓은 도로일 뿐이었다. 남북으로 뻗은 그 널마당을 중심으로 동쪽은 신축이 허가됐는지 다세대와 빌라가 들어서 있었고, 서쪽의 나지막한 한옥들은 풍뎅이처럼 세월을 삭히고 있었다.

제주도가 고향인 부모님들이 서울에 올라와 자리를 잡은 곳이 도심을 벗어난 새로 생긴 동네라는 의미의 신촌新村하고도 크게 흥한다는 대흥동大興洞이었다. 초등학교 시절을 그 동네에서 보낸 나는 고향이라고 부를 만한 곳이 거기밖에 없다. 흔히 서울 아닌 시골이 진정한 고향이라고 말들을 하지만 6, 70년대 이후 많은 사람들이 서울에서 성장한 이상, 어린 시절 살던 동네가 고향이 될 수밖에 없는 것이 오늘날의 현실이다.

유년의 기억을 돌이키면 나도 모르게 자연히 널마당의 추억으로 돌아간다. 당시 급격한 산업화를 이루던 우리 사회에서는 너나 할 것 없이 농촌을 떠나 서울로 무작정 상경하는 것이 사회현상 중 하나였다. 토박이들이 사는 동네, 혹은 생활 편의시설이 갖춰진 동네인 사대문 안을 문안이라 부를 때, 영등포나 청량리처럼 신촌은 하나의 부도심 역할을 하고 있었다. 간혹 집수리에 필요한 물건이 있으면 아버지는 문안에 가서 사 와야겠다고 하셨다.

집집마다 시골에서 올라온 사람들이 세를 살았고, 방 두 개짜리 열다섯 평 한옥에 살던 우리도 안방에 모든 식구들이 살면서 건넌방을 세주었다. 건넌방에 세 살던 아이들이 우리 또래였는데 함께 놀다 다툴 때마다 그 아이네 엄마가 서러워하던 것이 어렴풋이 기억난다. 그들도 나중에는 집을 사서 좀 더 윗동네로 이사를 갔다.

학교만 다녀오면 그 널마당에는 아이들이 쏟아져 나와 발악을 하듯이 뛰어놀았다. 구슬치기, 땅따먹기, 기마전, 공차기, 폭음탄 터뜨리기……

널마당에는 뽑기장수 아저씨 둘이 경쟁적으로 영업을 했다. 그들은 아이들의 코 묻은 돈을 알겨내기 위해 설탕에 소다를 부어서 열심히 뽑기를 만들었고 아이들은 모자나 십자가 형태를 잘 뽑아내면 또 하나 공짜로 먹는다는 재미로 5원, 10원 동전을 들고 나가 써 버리곤 했다.

간혹 여름에 가뭄이 들면 구청에서 나온 살수차가 탱크 가득 물을 담아 올라온다. 그러면 온 집안의 양동이며 그릇을 들고 나가 물을 담아 퍼 날라야 했다. 동네에 있는 공동우물에서 퍼 온 물은 허드렛물로 쓰고 구청에서 보내 준 물은 식수로 마셨던 기억이 난다.

어스름 저녁이 되면 가끔 손수레를 개조해 허니문카를 만들어 끌고 온 아저씨가 아이들에게 돈을 10원씩 받고 태워서 돌려 준다. 기껏해야 2m 정도 되는 높이까지 올라갔다 내려오지만 그 위에서 내려다보는 온 동네의 풍경은 정말 새로운 것이었다. 이태리, 불란서, 미국…… 허니문카에는 나라 이름들이 적혀 있었다. 지금은 거의 다 가 본 나라이지만, 오히려 어린 시절의 그 허니문카의 추억이 더 그리운 것은 왜일까.

어린 시절을 배경으로 한 동화 작품을 하나 구상해서 출판사에 넘기면 그림작가와 함께 그 동네를 방문하곤 한다. 내가 살았던 동네를 보여 줘야 작가가 스토리의 분위기를 이해하기 때문이다. 대부분 미술을 전공한 작가들은 우리 동네에 와 보면 숨겨 놓은 보물이라도 발견한 것처럼 기뻐한다. 서울 시내에 아직 이런 동네가 남아 있느냐며 경탄을 금치 못한다. 차로 들어갈 수 없는 작은 골목과 현대식 빌딩이 한 장소에 어우러져 있었기 때문에 우리 서울의 역사를 한눈에 보는 것만 같다.

"이 집 혹시 다시 사실려우?"

주인 아저씨가 지나가는 말처럼 물었지만 나는 고개를 저었다. 고향은 추억으로서 의미가 있는 것이지, 소유하는 재화로서의 의미는 없는 것이기 때문이다. 풍치지구가 되어서 집주인은 불만이라고 하지만 내 개인적인 마음으로는 오래도록 해제되지 않고 그 모양 그대로 간직되었으면 한다.

50을 이미 넘은 나이가 되어 있지만 어린 시절의 추억과 그 고향의 힘으로 지금도 살고 있는 것 같다. 시대는 변하고 사람도 변하지만 변치 않는 것은 고향이 주는 추억과 고향이 주는 푸근함, 바로 그것이니까.

아버지, 낮잠 주무시던 당신의 그 어깨

유년의 어느 날, 일요일이면 언제나 기억나는 것은 곤히 낮잠을 주무시는 아버지의 모습이다. 단칸방 두 개짜리 집에 살면서 우리 형제들이 안방에 모여 흑백텔레비전을 본다고 아랫목에 펴 둔 이불 밑으로 발을 집어넣고 떠들 때 아버지는 벽 쪽을 향해 돌아누워 입을 벌리고 낮잠을 주무셨다. 간혹 코도 고는 옹송그린 당신의 어깨는 이제 와 생각하니 한 가장이 이 세상을 헤쳐 나가는 삶의 피곤함이었지만 그때의 우리는 그런 아버지를 이해할 수 없었다.

"아버지는 만날 낮잠만 주무시구."

"그러게 말야."

"딴집 애들은 아버지랑 어린이대공원도 간다는데."

이 좋은 일요일, 왜 아버지는 낮잠만 잔단 말인가. 볼이 부은 우리는 방 안에서 복대기다 밖으로 나가 뒹굴고 장난이나 치며 일요일 하루를 그렇게 보내야만 했다.

그런데 이제는 어느새 내가 일요일 오후에 낮잠을 잔다. 자도 자도 더 자고 싶은 노곤함. 끝간 데 모를 피로는 나의 영혼과 육체를 조금씩 갉아먹는 것 같다.

공부를 마치고 미국에서 얼마 전에 돌아온 동서가 말했다. 한국에 와 보니 가장들의 돈 벌어 와야 한다는 스트레스가 엄청나다는 것을 실감한단다. 미국처럼 땅덩어리 큰 나라에서는 부자가 어디 들어박혀 사는지를 서민들이 알 길이 없단다. 그저 자기 사는 동네의 수준이 곧 이 세상의 수준으로 알고 살아도 된다는 얘기다.

우리는 어떤가. 외면하고 살려 해도 이 세상은 너무 가깝고 비좁게 우리의 가장들을 압박한다. 당장 아파트의 평수에서부터 타고 다니는 자동차, 아이들 입성하며, 먹는 것……. 이 모든 것에서 빈부의 격차가 확연히 드러나 버리고 그로 인한 상대적 빈곤감은 천형天刑보다도 더 무겁게 가장들의 비좁은 어깨를 짓누른다. 40대 사망률이 세계 최고라는 말이 거짓이 아님을 우리는 피부로 느끼며 살고 있다. 오죽하면 피곤하니까 쉬겠다

는 단순한 광고가 공감을 일으켰겠는가. 피곤하지만 쉬
지 못하는 게 우리의 현실이다.

다시 유년으로 돌아간다면 피곤한 어깨를 추스르며
잠이 드신 아버지를 위해 조용히 안방을 비워 드리련
만. 그럴 아버지는 이제 더 이상 같은 지붕 아래 살지
않으시고, 나는 아버지가 물려준 그 가장의 자리에 들
어앉아 일요일만 되면 잠잘 궁리를 하고 있다.

아내와 아이들이 그러한 상념을 채 접기도 전에 낮잠
자는 나를 오늘도 흔들어 깨운다.

"여보, 모처럼 일요일인데 잠만 잘 거예요? 춘천이라
도 바람 쐬러 갔다 오자구요."

"아빠, 일어나요!"

무겁기가 천 근인 눈을 떠 바라보니 아이들의 눈망울
이 별처럼 초롱초롱하다. 이대로 누워 원없이 자 보고
싶건만 어디 내 생각만 할 것인가. 1주일 내내 집에서
살림에 시달렸을 아내, 학교 다니느라 고생했을 아들과
딸의 기대가 나의 피곤한 몸을 결국 또다시 움직이게
만든다.

"그래 죽으면 실컷 잘 잠, 어디 나가 보자."

아내가 눈을 흘기며 내 좁은 어깨를 툭 친다.

어머니의 손재봉틀

"죽어라고 벌어서, 죽어라고 사가지고, 죽어라고 버려."

얼마 전 텔레비전에 나온 한 노인이 오늘날 젊은 세대들의 행태를 꼬집은 말이었다. 이 말이 가슴 깊이 와서 꽂힌 이유는 바로 나의 삶을 돌아보게 했기 때문이다.

옷장을 열어 보면 입는 옷, 안 입는 옷들이 뒤섞여 행여 간택될까 내 손을 기다리고 있다. 그러나 그 가운데에서 정말 뽑혀 한철 입는 옷은 몇 벌 되지 않는다. 나머지는 그렇게 한철 보내고 다음 철을 보내다 결국 버려진다. 동네 모퉁이에 있는 헌옷 수거함이 멀쩡한 옷들로 넘쳐날 수밖에. 그런 옷 가운데 쓸 만한 걸 골라

외국에도 수출하고 그러는 모양이니 그나마 다행이다.

어린 시절, 어머니는 우리에게 옷을 사 주는 일이 흔치 않았다. 대신 장에 가서 옷감을 끊어 오곤 하셨다.

무덥던 7월 초순의 어느 날이었다. 어머니는 하얀 바탕에 하늘색 체크무늬가 들어 있는 천을 몇 마 끊어 오셨다. 며칠 후 온 가족이 떠날 휴가에 나를 포함한 3남 1녀에게 옷을 만들어 입힐 요량이셨던 게다.

그날 저녁을 먹고 동생들이 모두 나가 놀 때 어머니는 벽장에서 시커먼 재봉틀을 꺼내 안방 한쪽에 자리를 잡으셨다. 대개가 발재봉틀이었는데 어머니의 것은 손재봉틀이었다. 오른손으로 손잡이를 돌리면 바느질이 되도록 만들어진 이것은 아버지와 결혼하실 때 혼수품으로 장만한 물건이었다.

"탈탈탈탈!"

리드미컬한 재봉틀 소리를 들으며 이제 젖먹이 신세를 면한 막내는 저만치에서 땀을 흘리며 잠을 자고, 나는 어머니 곁에서 옷이 만들어지는 전 과정을 호기심 어린 눈으로 지켜봤다.

"자, 이리 와 봐라."

어머니는 손수 재단한 천을 이어 박으면서 수시로 내 몸에 옷을 대보셨다. 등판이 연결되고 칼라가 붙여지면서 소매가 이어지니 그저 무심했던 천 조각들이 표정을 가진 한 벌의 옷으로 탄생하고 있었다.

아이들마다 하나씩 옷을 만들어 줘야 하기 때문에 공정은 며칠씩 걸렸던 기억이 난다. 아이들 넷을 키우면서 남는 자투리 시간에 일을 하시려 했으니 그럴 만도 했다. 여동생에겐 그 헝겊이 어깨끈 달린 치마로 둔갑해 있었다.

어머니가 가위질을 하거나 단추를 다느라 재봉틀을 놀게 할 때 뭐든 직접 해 봐야 직성이 풀리는 내가 가만히 있을 리 없다. 자투리 헝겊을 재봉틀에 집어넣고 박아 보았다. 그런 나를 어머니는 귀찮아하지 않고 작동법을 가르쳐 주시기까지 했다.

드디어 세 벌의 남방셔츠와 한 벌의 치마가 완성된 때는 바로 우리 가족이 인천의 송도 해수욕장으로 놀러 가던 날이었다. 그렇지만 어머니의 수제 셔츠를 입어 본 순간 나는 뭔가 어색함을 발견해야 했다. 단추를 잠그려는데 생각대로 쉽게 안 되고 다른 옷들과 비교해도 어딘가 이상했다.

"엄마, 단추가 이상해."

"왜?"

"잘 안 잠겨요."

어머니는 자세히 살펴보더니 피식 웃고 말았다.

"섶 여밈을 여자 옷으로 했네."

알고 보니 처녀 적 양재학원을 다녔던 어머니는 여자들의 여밈처럼 우리들의 셔츠 왼쪽에 단추를 달았던 것이다. 그러니 오른쪽 단추에 익숙하던 손이 어색할 수밖에⋯⋯.

그래도 입는 데에는 별 지장이 없어서 우리 가족은 모두 인천으로 향했다.

인천 송도 유원지에 도착해 자리를 잡자 함께 따라온 외사촌 누나에게 어머니가 내민 것은 놀랍게도 당신이 우리 옷과 함께 만든 원피스형 수영복이었다. 누나는 우리 집에서 식모살이를 하면서 공장으로 옮겨 갈 기회를 엿보는 중이었다.

"이거 수영복 만들었다. 입어 봐라."

어머니는 나름대로 예쁘다고 생각한 꽃무늬 천으로 수영복을 만들어 오셨다. 누나는 아무 말 없이 그 사제 수영복을 입고 우리와 함께 물에 들어갔다.

그러나 사제 수영복은 탄력성도 없고, 공기가 잘 통하지도 않았다. 그래서 누나가 물에 풍덩 뛰어들면 수영복 안의 공기가 빠져나오질 않아 풍선처럼 평하게 부풀었다. 돌이켜 보면 한창 외모에 신경 쓰고 민감했을 그 사춘기 시절, 그런 옷을 입은 누나의 심정이 어땠을까를 생각해 본다.

그렇게 우리에게 애환을 주었던 어머니의 손재봉틀은 많은 추억을 아련히 남기고서 지금은 은퇴해서 그 기능을 잃었다. 고쳐서 써 보려고 지나가던 수리공에게 맡겼더니 좋은 부품 몰래 빼버려 더욱 치명적으로 망가졌다고 어머니는 안타까워하셨다.

하지만 지금도 어머니의 재봉틀은 본가의 한구석을 지키고 있다. 50년 가까운 세월을 우리 집안에서 어머니의 손때 묻은 채. 과연 재봉틀은 무얼 기다리고 있는 건지…….

그 재봉틀을 잡고 일어서며 걸음마를 배우던 나를 비롯한 3남 1녀, 그리고 그 배우자들은 누구 하나 옷 만드는 재주가 없다. 그저 죽어라고 벌어서, 죽어라고 사 입고, 죽어라고 버릴 뿐이다.

그리스인 조르바

　지금까지의 삶도 모범생에서 크게 벗어나지 않고 있
긴 하지만 대학 시절의 나는 더 지독한 모범생이었다.
성실한 학교생활, 그리고 독서와 창작연습…… 그저 책
속에 길이 있고 공부만이 나의 갈 길이라 여겼다. 유일
한 관심사는 실력을 쌓으면 길이 열릴 것이라는 막연한
믿음뿐.

　어느 날 군에서 복학한 선배 한 사람이 내가 책을 열
심히 읽고 작가의 뜻을 가지고 있다는 걸 알고는 자신
이 읽은 좋은 책을 한 권 권했다. 작가의 이름도 어려운
니코스 카잔차키스의 『그리스인 조르바』. 안정효 선생
이 번역한 그 책은 표지도 범상치 않았다. 검은 바탕에

크게 도드라진 작가 카잔차키스의 실루엣 얼굴.

하지만 나는 그 책을 당장 만나진 못했다. 도대체 그런 그리스 작가의 엉뚱한 책이 나에게 무슨 상관인가 싶었기 때문이다. 하지만 선배는 만날 때마다 나에게 확인을 했다. 그 책 읽었느냐고.

결국 나는 책을 구입해 읽지 않을 수 없었다. 그러나 첫 문장을 접하는 순간부터 나는 나도 모르는 마력에 빠져들어 책을 손에서 놓지 못했다.

새로운 인생 경험을 하고 싶은 주인공은 유산으로 상속받은 폐광을 찾아 그리스에 온다. 그곳에서 그는 비범한 중년의 사내를 만나니 그가 바로 조르바. 한마디로 범생이와 문제아의 만남이었다.

인생의 상식에서 벗어난 삶이라고는 상상도 못하는 주인공에게 조르바의 그것은 위태롭고 자유분방하기 짝이 없는 것이었다. 사업이고 신의고 뭐고 그에겐 없었다. 그건 범생이가 이해할 수 있는 경지가 아니었다. 이어 벌어지는 드라마틱한 사건들이 그를 충격에 몰아넣게 된다.

조르바는 그런 그를 자유로움으로 이끄는 존재였다. 공부와는 거리가 멀고 계획이나 성공 등과는 상관이 없으면서도 순간과 현재를 즐기는 태도는 바로 우리가 잊고 있던 야성의 목소리였다. 그는 이 우주와 소통하고 자신의 자유로운 영혼을 노래했다.

책장을 덮으며 문학청년인 나는 진한 감동을 받았다. 장애를 가지고 산다는 건 대부분 남이 정해 준 삶의 틀 안에 머무르는 것이다. 스스로 뭔가를 시도하거나 결정할 수 없다. 원하는 곳에 마음대로 갈 수도 없고, 뜻하는 것을 해 보려면 무척 큰 제약이 따른다. 한마디로 장애인의 삶은 팔 다리가 묶인 삶이라고 해도 과언이 아니다. 그러니 문제를 일으킨다거나 사고를 쳐 본다는 건 거의 불가능하다.

나는 문학을 통해 자유를 구가하고 싶었다. 장애로 인해 억압받은 삶을 더 이상 이 세상에 지속시킬 수는 없었다. 장애 자체도 문제였지만 장애를 장애로 규정하는 세상도 나를 가로막는 벽이었다. 이런 갑갑함은 결국 내가 장애인을 작품에 다루는 걸로 드러나기 시작했다.

동화를 쓸 때 거의 모든 작품에 장애인을 등장시키기 시작했다. 주제도 장애인을 위한 것들로 국한했다. 이 세상을 장애로부터 자유로운 곳으로 만들고 싶다는 생각 때문이다. 그것은 이 세상을 향해서 끊임없이 싸우고 도전해 왔던 내 삶의 작은 결론이기도 하다.

장애인 단체에 가입해 투쟁도 했다. 성명서도 발표하

고, 시위에 동참하기도 했다. 기회가 닿는 대로 지면을 통해 장애인 삶의 척박함을 호소했다. 강연을 다니거나 사람들이 모인 곳에서 장애인을 어떻게 대해야 하는지도 역설했다.

그것은 범생이의 삶을 살기만 했으면 결코 갈 수 없는 길이었다. 때론 거칠게, 때론 강력하게 운명에 저항하며 없는 길을 만들어 가는 삶을 살게 된 건 바로 조르바가 늘 내 곁에서 격려했기 때문이다.

지금 이 사회를 이끌고 있는 어른들이 살아온 지난 시절은 장애인들을 조롱하고, 비하하며 사람 취급하지 않던 때였다. 그러한 이들이 커서 만들어 놓은 이 세상 역시 그렇기에 장애인에 대한 배려와 이해가 크게 부족할 수밖에 없다.

결국 이 사회를 좀 더 나은 곳으로 만들고, 보다 개선시키는 일은 한두 가지 노력만으로 이루어지는 것이 아니라는 생각을 거듭하게 된다. 사회 전체가 총체적으로 변화, 발전해야 하기 때문이다. 그렇기에 나의 장애를 소재로 한 작품들은 사회를 바꾸기에는 턱없이 부족한 노력이며, 당돌한 생각일지도 모른다.

그러나 위안도 있다. 동료 작가들이 이제 하나씩, 둘씩 장애를 소재로 한 작품들을 써내고 있기 때문이다.

서점에 나가 봐도 장애인의 날 정도 되면 아예 한 매대가 장애인 관련 작품들로 채워지고 있다. 물론 거기엔 내 작품도 있지만 다른 동화작가들이 쓴 작품도 많다. 이제 그야말로 장애가 아동문학의 한 장르로 자리를 잡은 것이다. 그러니 나도 힘이 나고 외롭지 않다. 내가 아니어도 다른 작가들이 부지런히 싸워 줄 테니 말이다. 어린이들이 내 작품이 아니어도 얼마든지 다른 작가들의 다양한 작품을 통해 장애인 친구를 자연스럽게 받아들이고 희생과 봉사, 그리고 나눔이 무엇인지를 알게 될 것이기 때문이다.

『그리스인 조르바』의 주인공은 마침내 생각을 바꾸게 된다. 삶에 또 다른 대안이 있음을 간파한 것이다. 그리고 거기에 몸을 던진다. 전 재산을 투자한 광산의 케이블 리프트가 한순간에 무너져 내리는 마지막 순간에 조르바와 함께 춤을 추며 노래한다.

나도 이 땅의 장애인 비장애인이 함께 어우러져 춤추고 노래하는 그날까지 계속 싸워나갈 것이다.

2. 갈고 닦자, 나 자신을

내 집 앞을 쓰는 사람

모처럼 온 여행지인 이곳 미국 서부의 작은 도시에서
피곤한 나그네를 아침에 눈뜨게 만드는 건 내가 머무는
아파트 관리인의 송풍기 엔진 소리다. 넓은 아파트 지
역에 떨어진 낙엽을 그 송풍기로 불어 한쪽으로 모으는
것이다. 사람은 하나고 청소해야 할 지역은 몇 천 평 되
니 그런 식으로 시끄럽게 청소할 수밖에 없겠다는 생각
이 들긴 한다.

과거 우리에게도 그렇게 아침이면 집 앞을 쓸던 사람
이 있었다. 바로 우리의 아버지 어머니, 할머니 할아버
지들이었다. 그분들은 으레 아침이면 싸리비를 들고 나
가 아무도 보는 사람 없고 듣는 사람 없는 집 앞 고샅을

쓴다. 내 집 앞을 너나없이 모두 쓸기 때문에 온 골목길은 아침이면 늘 새롭게 단장하고 이제 막 붉게 떠오른 해의 밝은 축복을 받는 것이다.

사각사각, 리드미컬하게 땅바닥이 비질로 쓸리는 소리를 들으면 잠에서 갓 깨어난 나는 학교 갈 준비를 한다. 아침밥 먹고 세수하고 가방 맨 뒤 대문 밖을 나서면 아무도 밟고 지나가지 않은 비질한 흙길이 나를 반긴다. 사람들이 머뭇거리며 그 길에 발을 선뜻 디디지 못하는 건 바로 마당 쓴 이의 공을 어린 마음에도 짐작할 수 있었기 때문이리라.

하지만 이제 우리 곁에는 마당을 쓸던 그 어른들이 어디론가 다 사라졌다. 덩달아 정겹던 비질 소리도 들을 수 없고, 날아가는 고추잠자리 후려쳐 잡곤 하는 제법 쓸 만한 또 다른 용도를 가진 싸리비도 눈을 씻고 봐도 간 곳이 없다.

찬바람 불기 시작하는 계절이다. 칼바람 휭 하니 불면 날려 오는 비닐봉지며 먼지와 쓰레기가 우리 집 대문 앞에 뒹굴어도 우리는 오불관언五不關焉이다. 거기는 내 땅이 아니어서일까? 그런 건 나라에서 월급 주는 미화원의 할 일이라고 여겨서일까? 눈이 왔는데 제 집 앞의 눈을 치우지 않으면 처벌한다는 소리까지 들린다. 우리

는 내 집안만 쓸고 닦고 꾸미느라 더 큰 것을 그 무엇을
잃어버리고 사는 것이 분명하다.

F 학점 이야기

  내가 대학 다니던 20여 년 전만 해도 캠퍼스에 아직도 낭만이 남아 있었다. 그래서인지 툭하면 휴강에 축제에, 행사와 시위로 어영부영 공부하지 않고 시간을 보내는 경우가 없지 않았다.

  1학년 2학기 때 국어 작문을 배우면서 정말 황당한 경험을 했다. 백발을 휘날리며 들어온 교수님은 현역 시인이었다. 몇 주 강의를 하는 둥 마는 둥 하더니 갑자기 어느 날 자신은 일본에서 문인 워크숍이 있어 한두 달쯤 다녀와야 한다는 게 아닌가. 그동안 휴강이라고 하더니 사라져 거의 찬바람 부는 종강 무렵에야 모습을 드러냈다. 그리고는 리포트로 글을 한 편씩 쓰게 한 뒤 그걸 앞에 나와 읽히더니 종강이었다. 철없던 1학년들은 그저 좋았다. 수업 듣지 않고 학점을 따게 되었으니 말이다. 나 역시 마찬가지였다. 희희낙락했으니까.

그런데 이 세상에 공짜 치즈는 쥐덫에만 있는 법. 4학년이 되어 졸업 논문을 쓰려는데 어떻게 쓰는 건지 알길이 없었다. 대충 리포트 쓰듯 썼다가 다른 지도교수님에게 아주 박살이 나고 말았다. 알고 보니 국어 작문 시간에 논문작성법 같은 건 다 배워 놨어야 하는 거였다.

그에 대한 반사작용인지 나중에 강단에 서게 된 나는 학생들에게 제법 엄한 교수가 되었다. 지각, 결석을 철저히 체크했고, 리포트도 많이 내주고, 공부도 엄청 많이 시켰다. 학생이라면 최선을 다해 공부해야 하고, 교수는 학생들을 그렇게 지도해야 한다는 게 나의 신념이었다.

성적도 혹독할 정도로 박하게 주는 경우가 많았다. F학점이 수두룩했을 정도다. 요즘처럼 학생들 취직을 위해 가급적 성적을 잘 주는 분위기와는 좀 달랐다. 그러면서도 나는 그런 학점을 받는 학생들은 노력하지 않으며, 요행수만 바라는, 나태하고 불성실한 학생이라고 생각하고 있었다. 심지어 그런 학생들은 빨리 학사경고를 받고 대학을 떠나는 게 다른 사람을 위하는 길이라고 여기기까지 했다. 돌이켜 보면 좀 위험한 생각이었다.

학기말이었다. 성적 처리를 다 끝낸 나에게 나이 든 학생이 하나 찾아왔다. 그는 내가 맡은 야간강좌 강의를 들었는데 언뜻 봐도 나보다 나이가 많아 보였다.

"선생님, 이번에 선생님 과목 F 맞은 아무갭니다."

학생은 공손히 내게 인사를 했다. 그렇게 찾아오는 학생은 대부분 자신의 학점을 올려 달라고 사정하거나 성적 처리에 이의가 있다고 항의할 것이기에 나는 약간 긴장했다.

"무슨 일인가……요?"

"드릴 말씀이 좀 있어서요."

그러나 학생의 다음 말은 의외였다.

"제가 직장에 다니는 관계로 선생님 수업에 늘 늦고, 결석도 여러 번 하고, 수업도 제대로 못 따라갔습니다. F 학점 맞는 게 당연합니다. 열성적으로 가르쳐 주셨는데 부응하지 못해 정말 죄송합니다. 내년에 다시 신청해서 들을 때는 제대로 공부하겠습니다. 한 학기 동안 감사했습니다."

그 말을 듣는 순간 나는 깨달았다. 학업 성적이 나쁘다고 해서 인격이나 인생의 성적까지 나쁜 것은 결코 아님을 말이다.

자식들의 빨대에 대처하는 우리의 자세

며칠 전 송년회를 겸한 소설가 동인들의 모임이 있어
서 참석했다. 다양한 화제가 나왔지만 단연 압권이었던
것은 독립하지 않고 버티는 자녀를 둔 몇몇 부모들의
애환이었다. 석사과정까지만 다니는 줄 알았더니 박사
과정을 또 다니겠다는 딸, 해외 어학연수를 다녀오더니
휴학하겠다는 아들. 이뿐만이 아니었다. 학벌이 딸린다
며 학사편입을 하겠다거나 전공이 좋지 않다며 복수 전
공을 하겠다는 자녀들의 이야기가 그 자리에 온 사람들
의 공통 고민거리였다.

나는 그것을 빨대라고 표현했다. 그거 재미있다고 웃
으며 이야기를 나누었지만 가만 보면 인간관계는 누군

가에게 빨대를 꽂느냐 꽂히느냐로 압축되는 것 같았다. 그러니 자식들조차도 성장해서 제 앞가림을 하지 못하면 결국 부모에게 빨대를 꽂아 고통을 주게 된다.

한동안 대학에서 강의를 했던 나 역시 그런 경우를 많이 보았다. 나이가 지긋해 보이는 학생이 강의실에 들어오길래 몇 학년이냐고 물었더니 4학년인데다가 나이는 서른 살이라는 거다. 내 나이 서른 살이면 공부를 마쳤고, 결혼해서 아들을 하나 낳았으며, 작았지만 방 두 개짜리 전세아파트에서 살고 있었다. 그런데 녀석은 아직도 대학 4학년생이었던 거다. 이야기를 들어 보니 지방대학을 졸업하고 석사편입을 했을 뿐만 아니라 군복무도 마치고 휴학했다가 어학연수 등등으로 졸업을 최대한 미루고 있는 친구였다. 부모에게 오래도록 빨대를 꽂는 전형적인 경우였다.

이처럼 상당수 요즘 청년들이 취업난과, 고학력 인플레, 그리고 경쟁력 강화와 자기계발 등의 명목으로 졸업을 늦출 뿐만 아니라 대학원이라든가 해외 어학연수 등등으로 사회 진출을 어떻게 해서든지 미루려 하고 있다. 일부 부모들은 또 거기에 영합해 조금이라도 좋은 학벌, 조금이라도 나은 스펙을 확보하게 해 주려다 보니 앞서 말한 것처럼 자의반 타의반으로 빨대가 꽂히는 것이다.

동물의 세계에서도 번식기에는 어미가 새끼들에게 열과 성을 다해 먹이를 물어다 나르는 걸 본다. 끊임없이 배고프다고 입을 벌리는 그 새끼들을 먹이지 못해 안절부절못하는 어미들의 감동적인 모습이 남의 일 같지 않은 것도 현실이다.

그러나 인간과 동물의 근본적인 차이는 분명했다. 목숨 걸고 새끼들을 기르는 동물들이지만 어느 순간 새끼들에 대한 지원을 단호히 끊을 줄 안다.

그래서 그날 우리 모임의 마무리는 자식들의 빨대에 대처하는 우리의 자세였다. 이왕 꽂히는 거 최대한 작은 빨대에 꽂히도록 노력하자, 꽂힌 빨대는 최대한 빨리 빼도록 애쓰자, 목에 철판을 여러 겹으로 대자, 나도 누군가의 목에 빨대를 꽂아 벌충하자, 독거노인이 될지 모르지만 아예 다 빨려서 더 이상 빨아먹을 게 없게 해 버리자…… 재미있다고 웃었지만 사실 문제는 심각했다.

배는 험난한 바다를 항해하도록 만들어진 것이고, 야생마는 거친 들판을 달리도록 태어난 것이다. 우리의 자녀들은 결국은 이 험한 세상에서 스스로의 힘으로 살아가도록 만들어진 존재들이다. 그런 아이들을 끌어안고 전전긍긍하며 부모의 사랑과 뒷바라지라는 미명하에 자식들의 경쟁력을 약화시켜 결국 공멸共滅하는 길로 가서는 안 된다. 부모 자식의 관계는 필경 개체 대 개체의 관계다. 부모들이 자식들에게 무한히 줄 수 있는 것은 심정적인 응원과 격려뿐이지 않은가. 자식들에게 모든 것을 다 주고 껍데기만 남은 채 연명하며 살기에는 우리의 노후가 너무너무 길어졌다.

박수근에게서 배우자

얼마 전 아는 후배에게서 우울한 목소리로 전화가 왔다. 실직의 고통을 이기지 못해 이혼을 하고 가정이 깨졌다는 거다. 경제난으로 인한 궁핍이 지금 우리 사회 도처에서 가정을 파괴하며 많은 사람들을 힘들고 어렵게 한다는 사실을 다시금 절감했다. 과연 이런 끝 모를 불황과 경제적인 어려움, 그리고 가정의 해체에도 불구하고 우리 삶을 방어할 전범으로 삼을 만한 사람은 없을까 생각해 보았다.

나는 화가 박수근을 우리가 지금 본받아야 할 사표로 삼고 싶다. 초등학교밖에 나오지 못한 화가 박수근은 일찍이 화가의 꿈을 가졌다. 최근에 자신의 그림이 최고가 경매의 기록을 세우고 있는 그이지만 살아서는 한 번도 그러한 평가를 받아 본 적이 없었다. 그런데도 그는 가정을 지키고 아이들을 키워 냈으며 오늘날 최고의 화가라는 명예를 얻었다. 그의 삶에는 소중한 것을 지키려는 분명한 원칙이 있었기 때문이다.

그가 가정을 잘 이끈 원인으로 나는 가장 먼저 그의 아내인 김 여사의 올곧은 마음을 든다. 인정받지 못하는 화가 남편과 사는 김 여사는 고통을 고통으로 여기지 않았다. 부잣집 딸이었던 그녀가 박수근과 결혼한 이유는 가난하지만 그가 깨끗한 남자였기 때문이다. 훤칠한 대장부인 그를 보고 유혹의 손길도 많았지만 박수근은 고생하는 아내를 생각하며 마음의 중심을 잡았다. 그들 부부는 어떤 유혹도 흔들 수 없는 도덕적이고 윤리적인 부부였던 것이다.

그 다음으로 또 드는 중요한 것은 박수근이 가진 배려의 마음이다. 돈은 잘 못 벌지만 고생하는 아내의 고통을 박수근은 이해했고, 어떻게든 도우려 애를 썼다. 가사家事에 박수근이 손을 거두거나 사양한 적이 없다고 한다. 외출하다가도 빨래가 마당에 널려 있으면 만져 보고 꾸덕꾸덕하게 마른 것은 골라서 마루 한편에 개어 놓고 나갔다. 아내의 고통과 수고를 그런 식으로 조금이라도 덜어 주려고 노력한 것이다. 아내가 수제비를 만들 때면 자신이 더 잘 한다며 수제비까지 직접 떠 주었다. 어려서부터 일찍 어머니를 여의고 가정살림을 도맡아했던 그였기에 수제비 뜨는 솜씨는 아내인 김 여사보다 더욱 뛰어났다고 한다. 가난으로 고통받는 아내를 위해 힘든 일을 분담하려는 의지가 돋보인다. 가장의 울화로 인한 음주나 폭력으로 너무도 많은 가정이 파괴되는 요즘 현실에서 깊이 참고해 볼 점이다.

그 다음으로 드는 것이 불굴의 의지다. 그는 백내장으로 시각장애를 입었다. 말년에는 한쪽 눈을 보지 못할 지경이 되었던 것이다. 그렇지만 결코 삶의 지향점을 놓지 않았다. 보이지 않는 눈을 가지고 그는 끊임없이 그림을 그렸다. 장애를 극복하고 어려움을 이겨 내며 자신의 목표를 향해 일로 매진한 것이다. 그랬기에 그는 결코 딴 길을 생각하거나 꿈꾸지 않았다. 반드시 훌륭한 화가가 되겠다는 비전을 가진 박수근에게 가족들은 전폭적인 지지를 보냈다. 그를 흔들거나 그에게 다른 길로 유혹하는 손길은 감히 다가올 염두도 못 냈다. 온 가족이 박수근의 삶을 동조하고 받아들였던 것이다.

오늘날 우리의 삶이 과거 박수근의 삶만큼 고통스럽고 괴로울까? 밥 굶는 사람이 없고, 옷 못 입는 사람이 없는 시절이다. 그 어렵던 과거에도 박수근은 자신의 목적과 뜻한 바를 위해 평생을 살다 갔다. 그러한 그를 가장으로 모신 박수근의 가족은 비록 가난했지만 행복한 가정에서 아름다운 삶을 살았다.

잎사귀 하나 없는 나목을 그는 많이 그렸다. 어려운 이 시절 우리는 나목과 같은 삶을 살고 있다. 하지만 결코 희망이 없는 건 아니다. 왜냐하면 나목은 언젠가 화사하게 새싹을 틔우고 꽃을 활짝 피울 것이기 때문이다.

장애인이 안 보이는 두바이

신발을 벗다가 안에 모래가 굴러다니는 것을 보았다. 지난주에 다녀온 두바이의 사막 모래였다.

두바이는 그야말로 상상도 할 수 없는 별천지였다. 불과 10여 년 만에 엄청난 발전을 이룬 두바이. 과거 사막의 한적한 어촌이었던 그곳에 그저 물고기나 잡아먹고 살던 베드윈족들의 천막은 다 사라지고 세계 제일의 빌딩인 버즈 칼리파와 수없이 많은 고층 건물들이 도심을 가득 메우고 있었다. 한마디로 전 세계의 건축 경연장 같은 곳이었다. 그곳에서 만난 세계 최고의 빌딩 버즈 칼리파는 우리나라 기업이 지어서 더욱 더 감회가 새롭고 자랑스러웠다.

석유산업이 전부였던 두바이는 곧이어 고갈될 석유 자원에 대비하여 다른 방법으로 돈을 벌 수 있도록 하기 위해 해외 투자를 받아 오늘날과 같은 엄청난 발전을 이루었다. 이제 두바이 전체의 수입 가운데 석유수입은 7%밖에 되지 않는다고 한다.

　그러나 휠체어를 타는 장애인인 나는 두바이를 보는 눈이 또 달랐다. 밤늦은 시간 호텔을 나와 산책을 하려 했는데 놀랍게도 차도와 인도 사이를 내려가거나 올라갈 수 있는 경사로가 없었던 것이다. 게다가 길거리를 다니는 장애인을 한 사람도 만나지 못했다. 대개 선진국을 가면 길거리에서 만날 수 있는 수많은 장애인이 우리에게 문화의 충격으로 다가온다. 잘 살기 때문에 사회적 약자인 장애인이 그만치 사회에서 자유롭게 다닐 수 있고, 원하는 곳 어디든 접근할 수 있는 것이다.

　화려한 도시 두바이에서 휠체어를 타거나 몸이 불편한 장애인이 보이지 않는다는 사실이 나를 슬프게 했다. 아라비아를 비롯한 동양권에서는 장애가 여전히 부끄러운 것이고, 심지어는 천벌을 받은 것이라는 개념이 남아 있음을 확인했기 때문이다.

　과거를 상상해 보면 척박한 사막이라는 환경에서 낙타나 말을 타고 다녀야만 하는데 몸이 불편한 장애인이 어떤 취급을 받았을지 안 봐도 뻔하다. 장애인이야말로 그러한 열악한 사회에서 짐이 되고 부담되며 말살되어야 할 존재가 아니었을까. 그들은 이미 국민소득이 우리를 앞서고 있으며 인구의 80%가 외국인이고 자신들은 고급스러운 고부가가치 사업에만 종사한다고 한다. 하지만 검은 부루카를 쓰고 눈만 내놓고 다니며 명품 백을 어깨에 건 두바이의 여성들을 봤을 때 아직도 두바이의 갈 길은 요원하다는 생각을 했다. 인구의 반인 여성들이 여전히 그렇게 남자들의 그늘에서 살고 있으니 말이다.

인권의 발전을 단계별로 따져 보면 여성해방이 가장 먼저 오는 법이다. 그리고 그것이 완성될 무렵에 장애인 인권이 개선되게 된다. 이 장애인 인권이 해결된 뒤에야 비로소 사회가 성적 소수자들의 인권에 귀를 기울인다고 한다.

우리는 이제야 장애인이 자신의 목소리를 높이기 시작한 단계인데 두바이의 경우, 그들의 외형적인 모습은 선진국이고 화려하기 짝이 없으나 실제 장애인인 내가 봤을 때 문밖을 나가는 것이 두려울 정도였다. 돈을 번다고 모든 게 해결되는 것이 아님을 다시금 절감한다. 진정 경제적 풍요가 그들의 삶을 윤택하게 하고 부유하게 하려면 약자와 사회적인 보호가 필요한 사람들에게 혜택이 돌아가고 배려해야 한다는 사실을 다시금 깨닫는다.

한강의 기적을 이뤘다는 우리. 짧은 시간에 세계 최빈국에서 10위권의 강국으로 성장했다. 그런 우리도 두바이 같은 경우를 반면교사反面教師로 삼으며 아직도 부족한 점은 무엇인지, 우리가 배려하지 못하는 장애인은 없는지 다시금 생각해야 할 것 같다. 경제난이 오고 위기가 닥칠수록 사회적 약자들은 견뎌 내기 힘들고 더욱더 외로워진다는 것이 이번 두바이 여행에서 다시 확인한 현실이었다.

세계를 휠체어 바퀴 삼아

　해외에 나가면 누구는 명품 가게를 들르고, 누구는 야시장엘 꼭 가 본다고 한다. 대개 자신의 관심사와 취향을 따르게 마련이다.

　하지만 나는 꼭 서점엘 들른다. 그 나라 사람들은 어떤 책을 읽고 어떤 분야에 관심이 많은지 궁금하기 때문이다. 물론 자료 수집의 의미도 있다. 마음에 드는 책이 눈에 띄면 구매하기도 하고 여의치 않으면 카메라로 사진을 찍기도 한다. 한마디로 직업정신의 구현인 셈이다.

　내가 작가가 된 지도 벌써 20년이 넘었다. 첫 저서인 『글힘돋움』이 1990년에 발간되었으니 그렇다. 20년 넘는 세월에 나는 벌써 170권 이상의 책을 발간했다. 프로의 세계는 그런 것이라고 생각한다. 죽기 살기로 자기의 분야에서 정진하는 것.

젊은 시절을 돌이켜 보면 지금의 나는 제법 많은 것을 이루었다. 베스트셀러도 여러 권 내보았고, 다양한 분야의 책들도 썼으며, 그를 위해 국내와 해외에서 많은 사람을 만났다. 무엇보다도 전업 작가로서의 삶을 살 수 있다는 점이 가장 큰 행운이라 할 것이다.

그러나 꿈은 항상 진화하게 마련. 작은 목표를 이루면 더 큰 것을 원하는 것이 인간 삶의 속성이다. 큰 세상을 살피고 생각의 폭을 넓히다 보면 그렇게 된다.

세계 각국을 여행 다니면 장애를 다룬 동화책이 가장 많은 나라가 우리나라임을 알게 됐다. 그 어느 나라도 장애인이 주인공이거나 사건에 등장하는 작품을 우리처럼 많이 발간하지 않았다. 서점에 나가 장애를 다룬 동화나 책을 찾자고 하면 한도 끝도 없다. 물론 그 가운데에는 내가 쓴 작품도 제법 많다.

선진국에 가서 그런 책을 찾으면 몇 권 되지 않는다. 나 같은 장애인 작가가 별로 없을뿐더러 그런 영역을 전문적으로 쓸 필요성이 크지 않단다. 장애인 인권이 그만치 신장되어서일까? 아니면 이미 사회보장이 잘 되어 더 이상 장애인의 투쟁이나 몸부림이 필요 없어서일까? 여하튼 그들은 내가 장애를 가졌음에도 치열하게 작품을 써낸다는 사실에 놀라워했다.

중국이나 몽골, 캄보디아나 아랍권의 나라에 가 보니 그곳은 또 다른 양상이다. 장애의 문제는 정말 절박해서 눈뜨고 볼 수 없는 수준이다. 여전히 장애인은 천벌 받은 사람, 부끄러운 사람이라고 여긴다. 인권 향상과 인간 대접은 요원하기 짝이 없다. 아니, 편의시설이 부족해 장애인 만나기가 하늘의 별 따기다. 그런데도 그걸 체계화하고 논리적으로 문제 제기할 사람이 별로 없다. 그러니 작가가 나오기는 더더욱 난망이다. 장애인은 아예 교육의 기회조차 박탈당하고 있으니 말이다.

결국 장애인에게 교육의 기회가 주어지기도 하면서 장애인 인권 향상이 진행 중인 중간 지점에 우리나라가 있음을 나는 알게 되었다. 그렇다면 나의 역할과 사명은 명확해진다. 내 삶의 문제가 응축되고 고민이 녹아 있는 내 작품들을 전 세계에 널리 알리고 소개하는 일이다. 그렇게 해서 장애인들의 인권을 신장하는 데 단초가 되어야 한다.

휠체어에 몸을 실어 세계 곳곳을 다니면서 이 세상에 장애인 문제를 주제로 한 작품을 널리 알려야 한다. 세상은 어린이의 권리도 보장하고, 여성의 평등도 인정하며, 피부색의 차별도 금지하고 있다. 그렇다면 이제 남은 건 바로 장애인의 권리 신장이며 인격 존중이고 차별 금지뿐이기 때문이다. 1급 지체장애인인 내 어깨가 무겁다.

우리의 살 길 스토리텔링

요즘은 스토리텔링이 관심을 끈다. 고급 경영전략도 스토리텔링이고 상대방에게 강한 인상을 심어 주기 위해서도 스토리텔링이 필요하다고 한다. 심지어는 상품을 팔고 살 때에도 스토리가 있으면 그 상품이 경쟁력을 갖는다는 말을 한다.

다 맞는 이야기다. 스토리가 부가가치를 창출한다는 것은 분명한 사실이니까. 금강산 관광을 가서 일만이천 봉이 있다는데 그 가운데 가장 돈을 잘 버는 봉우리는 어느 봉우리일까? 봉우리 이름은 기억을 못해도 분명하게 알 수 있는 것은 스토리가 있는 봉우리라는 사실이다. 선녀봉이라든가 거북봉이라든가…… 이런 봉우리 앞에서 사람들이 사진도 찍고, 그 앞에서 기념품을 사며 그 이야기에 빠져들기 때문이다. 그것이 바로 스토리가 갖고 있는 힘이다.

평생 작가로 살고 있는 나에게도 스토리는 늘 관심사이고 내 직업의 중심이다. 사람을 만나거나 책을 읽거나 여행을 가는 것도 이런 스토리들을 모으는 것인 셈이다. 작가 생활이 어언 20년에 이미 170여 권이 넘는 책들을 펴내 스토리텔링이라면 이골이 난 나인데도 매번 이야기를 만들어 낼 때는 끙끙 앓으며 고민을 한다. 내가 알고 있는 모든 지식과 경험과 생각의 총아가 바로 한 편의 스토리이기 때문이다.

이야기를 엮어 내다 보면 나도 모르게 과거 어렸을 때 읽었던 동화책에서 한 소절이 튀어나오기도 하고, 누군가에게서 들은 재미있는 경험이 섞이기도 한다. 뿐만 아니라 텔레비전이나 라디오에서 들은 에피소드, 혹은 스스로 궁리해 낸 아이디어 같은 것들이 뒤죽박죽이 되어 내 삶의 철학과 교양과 지식에 버무려져 나오는 것이다.

스토리텔링에 대해서 관심을 갖고 육성해야 된다, 지원해야 된다는 목소리가 높아지고 있다. 그러나 한 편의 스토리는 그렇게 쉽게 나오는 것이 아니다. 한 사람의 스토리텔러를 키우는 데에는 오랜 시간이 필요하기 때문이다. 지금 당장 공모전을 열고 상금을 내건다고 해서 없던 스토리가 나오지 않는다.

스토리야말로 그 사회의 문화적인 토대에서 꽃피는 들꽃 같은 것이기 때문이다. 토양을 가꾸고, 물을 주고 일조량을 맞춰 주며 오래도록 인내심을 가지고 기다리면 어느 순간 온천지에 들꽃이 만발하듯 스토리는 그렇게 피어나는 것이다.

입시 지옥으로 아이들을 내몰고, 과외에다 학원으로 아이들을 채찍질하는데 무슨 이야기가 나오며 무슨 스토리가 거기서 피어나겠는가? 글을 한 편 써 보라고 학생들에게 과제를 내주면 천편일률적인 이야기만 나온다. 어찌 그리 개성이 없는지…… 그것은 모두 다 시험 답안을 외우게 하는 우리의 주입식 교육 때문이다. 독서를 멀리하는 우리의 풍토 때문이다. 경험을 중시하지 않고 오로지 시험 몇 번으로 인생을 결정짓는 시스템에 대다수가 의존하기 때문이다.

진정 스토리텔링으로 우리 사회의 문화를 깊이 있게 만들고, 우리 상품의 경쟁력을 기르고자 한다면 독서를 하는 분위기를 조성해야 하고, 다양한 경험과 여러 분야에서 우리 청소년들이 창의성을 길러 주고 특기를 키워 나가게 해야 한다.

　오늘도 나는 새로운 스토리를 만들기 위해 여행을 떠나고 새로운 사람들을 만난다. 스토리텔링의 길은 멀고도 험하지만 우리가 반드시 가야 할 길이다. 우리 사회가 다양화하고, 개성을 인정하도록 정책 입안자들이 창의적인 지원을 한다면 우리나라는 이내 스토리텔링 강국으로 다시 태어나리라 믿어 의심치 않는다.

초심으로 돌아가려면 앨범을 펼쳐라

나의 어린 시절, 볼거리가 별로 없던 그때는 국가대표 팀 축구시합이 국민들의 큰 관심사였다. 우리나라가 이 겼으면 하는 열망으로 텔레비전 앞에 앉아 온 가족이 응원을 하는데 번번이 말레이시아 같은 나라에게 발목 이 잡혀 우승 전망이 흐려지는 일이 생기곤 했다. 다음 날이 되면 신문이나 방송은 일제히 국가대표 선수들이 심기일전해 훈련에 돌입했다고 하는 소식을 전한다.

그 훈련이라는 건 어이없게도 달리기와 패스, 슈팅연 습 같은 아주 기초적인 것들이었다. 이것을 보며 나는 의아한 생각이 들었다. 국가대표쯤 된다면 이미 기본기 는 다 닦았을 텐데 왜 저런 훈련을 다시 하는 걸까?

그 뒤 대학을 졸업하고 사회생활을 하면서 나는 각 기업이나 조직 경영이 큰 문제라는 것을 알게 되었다. 천재적인 경영으로 기업을 살리거나 망하게 했다는 이야기들이 들려왔다. 그때 들은 말이 MBA(Master of Business Administration)과정이었다. 대학원을 가서 경영학 과정을 다시 공부한다는데 도대체 무엇을 배우나 유심히 살펴보니 놀랍게도 마케팅이나 경영학원론 같은 과목을 다시금 가르치는 것이 아닌가. 학부 때 이미 다 배우고 통달했을 기초 과목들이었다.

오랜 시간 전문 분야에 몸을 담거나 같은 일을 반복하다 보면 사람들은 매너리즘에 빠진다. 그러다 보면 기초적인 원칙을 무시하고, 처음 그 일을 시작할 때 가졌던 초심이 흐려지거나 왜곡되게 마련이다.

사실 매너리즘의 원 뜻은 그런 게 아니었다. 잰슨이라는 미술사학자는 매너리즘이 창의적이었고, 전성기의 르네상스와 바로크의 사이를 메꾸는 미술양식이었다고 한다. 이 매너리즘의 작가들은 라파엘과 미켈란젤로 같은 대가의 작품이 지닌 몇몇 특징을 조합해서 이미테이션 작품을 만들었다. 전성기의 여러 작품들을 자유롭게 해석하고 모방하며 새로운 스타일을 만들게 된 것이다. 그러다 보니 빠른 속도로 작품을 재생하고, 재현하다

보니 획일적인 스타일이 나온 것이다. 그러다 보니 진부하다는 생각을 하게 되고 부정적으로 평가된 것이다.

아무튼 가정을 꾸려 나가는 것도 자식을 기르는 것도 마찬가지다. 처음에는 사랑으로 어떤 어려움이나 고난이 와도 헤쳐 나가겠다고 결심하지만 세월이 흐르면서 여러 가지 원인으로 미움이 쌓이고 갈등이 증폭되어 부부는 이혼을 하거나 아이들은 가출을 하고, 가족 간 대화가 단절되는 경우가 있다.

나 역시도 그 비슷한 경험을 했다. 한번은 심각하게 부부싸움을 한 뒤 아내와 이혼을 하고 내가 가족과 떨어져 살게 된다면 뭘 준비해야 하나 생각한 결과 추억이 담긴 앨범의 사진만은 챙기고 싶었다. 하지만 사진은 한 장 뿐이니 나눠 가질 수도 없는 처지. 내가 떠올린 아이디어는 디지털카메라로 앨범의 사진을 전부 다 찍는 거였다.

나는 한 무더기의 앨범을 들고 햇빛 잘 내리쬐는 마당으로 나갔다. 한장 한장 앨범을 넘기면서 셔터를 눌렀다. 오랜 시간이 걸리는 작업이었다. 그런데 이상한 일이 벌어지는 것이었다. 앨범을 넘기며 과거 여행을 하다 보니 점점 내 마음속 증오가 사그라들었다. 전국을 여행 다니며 우리 가족이 행복했던 순간들이 나를 반기고 있었다. 그때는 정말 즐거웠는데. 아, 여기도 갔었지. 이때 먹은 산채 비빔밥이 정말 맛있었어. 이런 과거의 회상과 추억이 마구 물밀 듯 쏟아져 나왔다. 앨범을 펼쳐보던 나는 잃었던 초심을 다시 찾게 되었다.

잘못된 것을 바로잡는 유일한 방법은 첫 마음으로 돌아가는 것이다. 가장 기본적이고 가장 단순한 첫 마음이 우리들 삶의 방향을 고쳐 줄 수 있기 때문이다.

그 뒤 나는 시간 날 때마다 결혼식과 신혼생활, 자녀들의 성장과정을 빠짐없이 기록한 앨범을 펼친다. 젊은 우리 부부의 모습과 어린 자녀들의 해맑은 미소를 보면 이내 나의 마음은 그 시절로 돌아간다. 가족이란 게 어떻게 맺은 인연이란 말인가. 어떤 갈등이나 미움도 사진 속의 그 마음으로 돌아가면 다 녹아 없어진다. 무슨 잘못이건 용서할 수 있고, 어떤 허물이건 덮을 수 있다.

잃어버린 첫 마음을 찾고 싶은가? 그렇다면 지금 당장 과거의 열정적이고 사랑이 넘치던 시절의 모습이 담겨 있는 앨범을 펼쳐라.

삶에 드라이브를 걸자

의사 친구가 개원했던 병원을 접고 대학병원을 맡아 월급쟁이가 되었다. 불황의 여파이기도 하지만 자초지종을 들어 보니 자신이 개원한 병원은 그 친구가 꿈을 펼치기에는 너무 작았던 거 같다. 그래서 커다란 병원 하나를 통째로 맡아 운영해 볼 모양이다.

이야기를 나눠 보니 경영을 맡은 새 병원은 그동안 각종 시스템의 문제도 있었고, 여러 가지 복잡한 내부 문제가 얽혀 타성에 빠진 운영을 한 탓에 요즘 같은 경제난에 적자를 면치 못하고 있었다고 한다. 그런 조직에는 리더인 사람이 드라이브를 거는 수밖에 없다는 것이 내가 해 준 조언이었다. 그럼으로써 빠른 시일 내에 조직원들에게 긴장감을 불어넣고, 정상화시켜 이익을 내야 하기 때문이다.

우리 삶에는 묘한 것이 있다. 익숙해지고 늘 하던 것은 이내 타성에 젖어 더 이상의 노력을 하지 않게 된다. 그러다 좀 더 시간이 지나면 노력하지 않는 것이 당연한 것으로 여겨지고, 익숙해져 결국은 스스로를 약화시키고 경쟁력이 떨어지게 된다.

탁구 게임을 보면 팬홀드 그립의 공격형 선수가 강한 스매싱으로 공격을 하게 되면 쉐이크핸드인 수비형은 받아넘기기에 급급한 것처럼 보인다. 이런 식으로 랠리가 계속되다 보면 공격하는 사람은 으레 습관적으로 공을 때린다. 하지만 바로 그럴 때가 수비 선수의 역공 기회다. 평범하게 받아넘기다 갑자기 강공 드라이브를 거는 것이다. 빠르고 변칙적인 볼로 변화를 주어 상대방에게 돌려보내면 상대방은 예상치 못해 당황하며 실수를 저질러 점수가 나게 된다.

어느 수녀님 한 분도 비슷한 이야기를 했다. 새로 들어온 수련 수녀들을 지도하는 분인데 수녀가 될 정도의 품성과 적성을 가진 사람들에게도 예외는 없다고 했다. 사람이기에 시간이 흐르면 애초의 단정함과 신변의 정리나 자기 관리가 흐트러지거나 느슨해질 수 있다는 거다. 그러한 예비 수녀들을 위해서 수련장 수녀가 할 수 있는 일들은 불시에 방을 점검해 노랗고 빨간 스티커로 지적사항을 통보하는 것이다. 버려야 할 것은 빨간 스티커, 정리해야 할 것은 노란 스티커. 이런 식으로 스티커를 붙이고 나오면 수련 수녀들의 눈빛이 금세 초롱초롱해진다고 한다. 적당한 긴장이 감돌아 조직이 더욱 활력을 띠게 된다.

대통령을 비롯하여 장관 혹은 각 단체의 장들은 수시로 자신이 책임지는 부서나 조직을 찾아다니며 강공 드라이브를 걸어야 한다. 예고 없이 불시에 찾아와 들여다보는 지도자의 눈길은 수많은 서면 지시와 탁상공론의 공문보다 더 빠르고 직접적이며 훌륭한 것이다. 과거 많은 정치 지도자나 경제 리더들이 그랬다.

이것은 꼭 조직에서만 필요한 일은 아니다. 개개인의 삶에도 스스로 강공 드라이브를 걸어야 할 필요가 종종 있다. 요즘과 같은 불황과 경제 위기는 나의 삶에 드라이브를 걸기 좋은 때다. 내 삶에 나태한 부분은 없는가? 타성에 빠져 있었던 부분은 없는가? 늘 무심히 넘어갔던 부분에 개선할 여지는 없는가? 스스로 살펴 자신의 삶을 불시에 점검해야 한다.

온 국민이 자신의 삶에, 자신의 조직에, 자신의 가정

운영에 강공 드라이브를 걸어 체질을 개선하고 변화시켜 나간다면 우리는 그 어느 나라보다도 빠르게 경제난을 벗어날 수 있고, 건강한 체질의 경쟁력이 있는 국가 사회가 될 수 있을 것이다. 시간을 허비하고 물자를 낭비하는 부분, 쓸데없는 곳에 신경을 쓰는 부분들을 덜어 내지 않으면 발전은 없다.

내 삶에 드라이브를 걸기에 늦는 법은 없다.

미움과 화를 이기는 법

얼마 전 출판업계에 작은 사건이 하나 있었다. 중견 도매상이 문을 닫으면서 거래했던 출판사들에게 제대로 알리지도 않고 주인이 잠적해 버린 것이다. 이 때문에 수많은 출판사들이 금전적 손해를 입고 말았다. 이 사실을 내게 말해 주는 모 출판사 관계자는 이로 인한 배신감과 분노로 치를 떨었다.

누군가 나를 속이고, 배신하고, 버렸을 때 사람들은 대개 그 누군가를 미워하는 감정을 가지게 된다. 이 감정은 자칫하면 걷잡을 수 없는 분노로 변하기 일쑤다. 다 알겠지만 미움과 분노에 의한 충동적인 행동의 결과는 훗날 반드시 큰 대가를 지불하게 만든다.

어느 날 사람들에게 화해와 용서의 메시지를 전하는 전도사가 시골 마을 주민들을 한 곳에 모았다고 한다. 수십 명을 모아 놓고 그는 말했다.

"원수를 사랑하십시오. 미워하는 사람이 하나도 없어야 나 자신이 행복해집니다."

주민들은 그의 말을 묵묵히 듣기만 했다. 반응이 없자 전도사는 참여를 유도하기로 했다.

"이 가운데 미워하는 사람이 이 세상에 하나도 없는 사람은 손들어 보세요."

물론 아무도 손들지 않았다. 그만치 살면서 누군가를 미워하지 않기는 어려운 것이다.

그때 할머니 한 사람이 뒤늦게 손을 들었다.

"거기 할머니 미워하는 사람이 하나도 없으세요?"

"응, 없어."

"정말 없으세요?"

"정말이야."

"어떻게 그럴 수 있죠?"

"내가 미워했던 사람들은 다 늙어서 죽었어."

그렇다. 인간은 언젠가 이 땅을 떠날 존재들이다. 그 사실에는 한 치의 어긋남도 없다. 밉고 화가 나고 분노가 폭발하려 할 때 참아야 하는 이유가 여기에 있다.

내가 읽은 어떤 책에서는 주인공이 인디언들의 고통 참는 법을 말하고 있었다. 그들은 인간에겐 몸의 마음과 영혼의 마음 두 가지가 있다고 생각한다. 주인공이 선생에게서 참을 수 없도록 많은 매를 맞을 때 그는 비명 한 번을 지르지 않았다. 몸의 마음을 잠재우고, 대신 영혼의 마음은 몸의 바깥으로 빠져나가 마음으로 고통을 느끼지 않으면서 매 맞는 자신을 보기 때문이다. 그러니 몸의 고통을 느끼는 건 육체의 마음뿐이고 영혼의 마음은 절대 고통스럽지 않다고 했다. 결국 주인공을 때리던 선생은 제풀에 지쳐 쓰러지고 말았다.

누군가가 미워지고 누군가에게 화를 내고 싶은 마음이 끓어오를 때는 이렇게 몸의 마음과 영혼의 마음을 분리해야 한다. 나는 이걸 유체이탈이라고 표현하는데, 우리 인간은 훈련하기에 따라 자신에게 닥친 상황을 제3자가 되어 바라볼 수 있다. 화를 내야 하거나 누군가를 미워할 상황에서 그러지 않는 자신의 모습을 또 다른 내가 관찰하는 것이다. 하나의 내가 허공에 떠올라 부당한 대우를 받아 부르르 떨고 있는 나 자신을 또 다른 내가 내려다보면 어느새 그러한 화는 어리석은 것이 되고 만다. 미움도 마찬가지다.

처음엔 어렵더라도 훈련을 해야 한다. 자기 자신을 거

리를 떼고 스스로 관찰해 줄 수 있는 자세. 화가 나고 속에서 분노가 치밀어 올라 곧 폭발하려 할 때 내 영혼을 격정에 휩싸인 육체에서 이탈시키자. 그리고 허공에서 나를 내려다보자. 그러면 분명 별것 아닌 일에 화를 내고 있거나, 참을 수 있는 것을 못 참아 하는 나를 발견할 것이다. 그 단계를 참고 넘어가면 두고두고 잘 견뎌 냈음을 스스로 대견하게 생각할 것이다.

　참을 인忍자 셋이면 살인도 면한다는 말이 그래서 나온 것이다.

왜라는 질문을 던져 보자

잘 아는 지인 가운데 시인이 한 사람 있다. 그는 16년 전에 첫 시집詩集을 낸 뒤 아직까지 후속 시집을 펴내지 못하고 있다. 아니 안 펴낸다고 하는 것이 옳을 것이다. 그런 그에게 주위 사람들이 왜 시집을 내지 않느냐, 어서 내라, 기대 된다 등의 말로 채근을 한다. 그런데 그 시인은 천연덕스럽게 대답했다. 다들 내는 시집을 자신까지 왜 내야 하느냐고.

이처럼 예상치 못한 대답을 들으면 사람들은 순식간에 뒤통수를 맞은 듯한 느낌에 빠지게 된다. 시인이니 당연히 시집을 내고 싶으리라는 통념을 그는 여지없이 깨는 거다.

물론 시집을 내고 안 내고는 시인의 자유다. 그도 역시 언젠가 시집을 낼 것이지만 시인이면 시집을 내야 한다는 고정관념을 그는 거부하고 싶은 것이다. 왜 내야 하느냐는 물음으로 자신의 본분을 좀 더 깊이 성찰할 게 분명하다.

바쁜 현대 생활은 왜 하느냐? 왜 가느냐? 왜 오느냐? 같은 근본적이고 중요한 질문을 차단한다. 앞만 보고 달려가는 동안 이 길을 왜 가야 하고, 어디를 향해 가는지 망각하게 되는 거다.

공무원이 왜 국민의 충복인지 곰곰이 생각을 했다면 최근 우리들 주변에서 흔히 보는 안전 불감증으로 인한 재난이나, 각종 수치 조작 같은 사건들은 결코 일어나지 않았을 것이다. 정치인들이, 고위 관료가 왜 그런 지위를 누리는지 의문을 품는다면 작금의 우리 정치계와 지도층의 추태는 줄어들 것이다.

이 왜라는 질문은 자신의 정체성에 대한 질문일 수도 있다. 혹은 진정한 행복을 찾는 끊임없는 자기 보정補正의 질문이기도 하다.

학원을 몇 개씩 보내며 쉴 틈을 주지 않고 자녀를 돌리는 부모를 만난 적이 있다. 왜 그렇게 싫다는 아이를 괴롭히느냐고 물었다. 그러자 그 부모는 이 땅의 여느 부모처럼 대답했다.

"공부를 열심히 해야 나중에 행복하게 잘 사니까요."

그래서 다시 물었다.

"왜, 아이의 지금 이 순간의 행복은 왜 무시하시나요? 왜, 남들 다 간다고 애도 덩달아 학원으로 가야 하지요?"

결국 그들은 거듭되는 나의 왜에 변변히 대답하지 못했다. 오늘이 행복해야 내일도 행복하고, 내일이 행복해야 모레도 행복하기에 언젠지 모를 미래의 행복을 위해 오늘의 행복을 말살하면 안 된다. 왜 자신들이 아이를 학원으로 돌려야 하고, 왜 오늘의 행복을 유보하고 미래의 행복을 꿈꿔야 하는지 그 부모는 고민을 시작했다.

인간은 타성의 동물이다. 자기가 가던 길을 계속 가는 습성이 있다. 이는 뉴턴의 법칙 가운데 하나로 관성의 법칙이라 불린다. 서 있는 물건은 계속 서 있으려 하고, 움직이던 물건은 계속 움직이려 한다.

하지만 인간은 그런 우주의 법칙을 벗어날 수 있는 존재이기도 하다. 왜 모든 서 있던 물건들은 계속 서 있어야 하고, 왜 움직이던 물건은 계속 움직여야 하나? 나의 삶의 방식 나의 삶의 궤적, 이 모든 것에 다시 한 번 왜라는 질문을 던질 때 보다 깊은 깨달음과 잊고 있던 정체성의 확인이 가능해질 거라 믿는다. 그럼으로써 새로운 삶의 방식을 모색하게 되고, 변화를 꿈꿀 수 있다.

경제난으로 전 세계가 위기에 빠진 이 시기, 과연 나는 나의 고통과 나의 어려움이 너무 관행적이고 너무 관성적인 것에 빠져 있었기 때문에 자초한 것이 아닌가 한 번쯤 의문을 제기해 볼 필요가 있다. 자신의 행동에 왜라고 물을 수 있는 동물은 지구상에 인간밖에 없기 때문이다.

택시 잡는 건 누구나 힘들다

나는 택시를 13년간 교통수단으로 이용한 적이 있다. 내가 대학을 들어가던 1980년부터 내 차를 산 1992년까지…… 요즘은 휠체어를 이용하지만 젊었을 때는 목발을 사용했다. 고등학교는 집 앞에 있으니 슬슬 목발 짚고 걸어가도 15분이면 간다. 힘들긴 해도 혼자 힘으로 갈 수 있으니 통학에 큰 문제는 없었다.

그런데 고등학교를 졸업하고 가게 된 대학은 우리 집에서 10km 정도 떨어져 있었다. 버스나 지하철로 다니는 건 불가능했다. 학교 앞에 방을 먼저 얻었다. 바로 교문 앞에서 얼마 떨어지지 않은 곳이어서 아주 좋았다. 하지만 그 좋은 방에 머물 일이 바로 사라졌다. 내가 입학한 지 얼마 지나지 않아 계엄령이 선포되고, 학교는 80년 봄 민주화 시위에 휩싸였다가 결국 휴교령이 내려져 문을 닫고 말았다.

나는 집으로 돌아와 때 아닌 방학을 보내야만 했다. 예상치 못한 길고 긴 방학이었다. 언제 개학할지 알 수도 없었다. 학생들은 가끔 학교 부근 다방에서 만나 방황했다. 책을 읽고, 스스로 커리큘럼을 짜서 공부하는 수밖에 없었다.

그렇게 찬바람이 불 무렵까지 우리는 긴긴 휴면에 들어갔다. 마침내 개교가 정해졌을 때 부모님은 고등학교와 비교가 안 되게 넓은 캠퍼스에서 내가 학교생활 하는 것을 걱정하셨다. 게다가 방을 얻어 집을 떠나 있는 것이 여러 모로 불편하다는 걸 아셨다. 버스나 전철을 이용해 통학하는 건 불가능해서 내린 결론은 택시를 타고 다니는 것이었다. 택시는 대학교 안 원하는 곳 어디든 가기 때문이다. 마침내 우리 부모님이 내린 결론은 택시로 통학하는 것이었다.

요즘은 대부분의 가정이 자동차를 한 대씩 가지고 있지만 당시에는 우리나라의 경제 형편이 그렇게 부유하지 못했다. 결국 나는 아침마다 집 앞에 나가 택시를 잡아타고 학교를 가야 했다.

그때나 지금이나 택시는 대중교통이었다. 너도나도 출근 시간이면 택시를 잡으려고 인도에서 차도로 내려서서 이리 뛰고 저리 뛰었다. 운 좋은 날이면 다른 사람 젖히고 내 앞에 차를 대는 맘씨 좋은 기사를 만나기도 한다. 그러나 대부분은 택시 한 번 잡으려면 2~30분 길가에 서 있어야만 한다. 그럴 때는 정말 지친다. 그리고 어쩌다 간신히 차를 타면 간혹 공치사를 하는 기사가 있다. 내가 장애인이어서 특별히 태워 주었다는 거다. 나는 속이 뒤틀리는 걸 참으며 감사의 인사를 한다. 그가 나를 공짜로 택시 태워 주는 것도 아닌데 나는 참아야 한다. 장애인이라고 특별히 태워 준 건 그 사람의 진심일 테니까. 그의 잘못이라면 상대방을 배려하지 못한 것뿐이다.

그렇게 매일 택시를 이용해 학교를 다니던 4학년 2학기 학기말 무렵이었다. 시험 준비를 하기 위해 아침 일찍 집을 나섰지만 택시는 쉽게 잡히지 않았다. 이리저리 위치를 옮겨 봤지만 소용이 없었다. 서 있는 것도 고역이었다. 부슬부슬 눈까지 내렸고 피가 잘 돌지 않는 다리는 얼음장처럼 싸늘해지기 시작했다.

나는 억울한 감정에 사로잡혔다. 왜 하필 나만 이렇게 장애인이 되어야만 하는가 싶은 야속함 바로 그것이 나를 사로잡았다. 오래전에 극복했다고 생각했던 감정이었다.

마침내 1시간도 더 지나서 택시 한 대가 내 앞에 멈췄다. 그 택시를 타고 학교로 오는 차 안에서 내 얼굴로 뜨거운 눈물이 흘렀다. 뒤늦게 도착한 학교에서는 약속을 하고 기다리던 친구가 걱정스러운 얼굴로 날 바라봤다. 나는 도서관 계단에 쭈그리고 앉아 눈물만 흘렸다. 택시 잡기 힘들어서 그랬냐고 그가 물었다. 나는 고개를 끄덕였다. 그러자 그 친구는 내 등을 쓰다듬으며 말했다. 이런 궂은 날은 장애인이건 비장애인이건 모두 택시 잡기 힘들다고.

그 말을 듣는 순간 나는 작은 깨달음을 얻었다. 그렇다. 택시 잡는 건 누구나 힘든 일이다. 꼭 장애가 있어서 더 힘든 건 아닐 수도 있었다. 오히려 매일 택시 타고 다니는 내가 다른 비장애인들보다 눈치 빠르게 목을 잘 잡아서 택시를 빨리 잡는 경우도 많았다.

사는 건 누구나 힘들다. 나는 장애가 있어서 내 삶이 힘들고 고달프다고 여긴다.

그럼 장애 없는 다른 사람들은 어떤가? 그들은 장애가 없다. 나로서는 장애 없는 그들이 정말 행복할 것 같은데, 이 세상엔 그다지 행복해 보이지 않는 사람들이 가득하다. 학생들은 학교 다니느라 고통스러워한다. 어른들은 돈을 벌고 가족을 부양하느라 힘겨워한다. 가정주부들은 아이를 키우랴 살림하랴 늘 스트레스를 받는다. 한 사람도 즐겁고 편안한 사람이 없는 것 같다.

그렇다. 사람들은 누구나 십자가를 지고 이 고해의 삶을 살고 있는 것이다. 그 십자가는 장애일 수도 있고, 힘든 학업일 수도 있고, 실직일 수도 있고, 가난함이거나 외로움일 수도 있다. 택시 잡는 것이 누구나 힘들 듯, 인생을 사는 것도 힘들고 어렵다. 그건 장애가 있느냐 없느냐, 가난하냐 부유하냐, 공부를 잘 하냐 못하냐와 전혀 상관없다.

여기에 한 가지 위안이 있다. 내가 장애가 있음에도 택시를 좀 더 빨리 쉽게 잡기 위해 노력을 하듯 사람들은 누구나 좀 더 행복하게 살기 위해 노력하는 것일 뿐이다. 어느 누구도 완벽한 조건, 행복한 조건을 가지고 삶을 살지 않는다. 다 불완전하고 불충분한 여건에서 살지만, 중요한 건 그런 어려움을 이겨 내고 삶의 행복, 목표의 달성을 위해 뛴다는 사실이다.

비 오는 날 택시 잡는 건 장애인이건 비장애인이건 다 어려운 법이다.

너그럽고 유쾌한 장애인

얼마 전 병원에 정기검진을 하러 가게 되었다. 내 차례를 기다리는데 갑자기 입구가 시끄러워졌다. 누군가가 병원 관리인을 향해 고래고래 소리를 지르는 것이 아닌가.

"장애인이 병원에 오면 일단 불편한 게 없나 물어보는 게 순서지, 주차증 안 끊었다고 딱딱거려? 여기 원장 누구야? 이 따위로 환자 대할 거야? 한 번 뜨거운 맛볼 거야? 이 XX들이……."

고개를 돌려 보니 거기엔 나처럼 휠체어를 탄 장애인 한 사람이 병원 직원들에게 삿대질을 하면서 반말조로 병원이 떠나가게 고함을 지르고 있었다. 아마도 차를 몰고 병원을 왔는데 주차장 직원이 잘 모르고 사무적으로 일 처리를 하다 그의 심기를 건드린 모양이다.

그렇지만 혼자만 이용하는 병원도 아니고 많은 사람―그것도 환자나 보호자들―이 있는 곳에서 육두문자 섞어 가며 장애인임을 내세우는 것은 같은 장애인 입장에서도 보기가 썩 좋지 않았다. 따지고 항의할 일이 있으면 조용히 차근차근 말할 수도 있지 않은가. 아무리 목소리 큰 사람이 이긴다고 꼭 소리를 지르고 욕을 해야 하는가 말이다.

장애인으로서 살아가려다 보면 정말 오버액션이 필요할 때도 있고, 악을 써야 간신히 내 앞에 밥 한 그릇 놓일 때도 있다. 비장애인들도 살기 힘들다고 푸념하는 팍팍한 세상 아닌가. 나 역시 늘 나의 권리를 주장하고 차별받고 소외되지 않으려고 언제나 눈을 희번득 뜨고 정신 차리려 애쓰는 게 사실이다. 이런 태도에 나는 허울 좋은 명분을 하나 걸어 두었다. 내가 목소리 높여 주장하고 싸우면 그것은 당장 귀찮고 열 오르는 일이지만 그 결과 조금이라도 나아진 것들은 뒤에 올 후배 장애인들에게 편리함이 될 거라고 말이다.

한번은 우리나라에서 제법 유명하다는 상가를 간 적이 있다. 나는 새로운 건물이나 장소에 가면 항상 마치 내가 편의시설 시범체험단장이라도 되는 양 장애인용 화장실이나 경사로, 주차장 등을 유심히 살펴본다. 그곳 장애인용 화장실을 들어가 보니 이게 웬일, 변기의 가드레일은 청소 아줌마의 걸레 건조대이고, 세면기는 가루비누 선반이었다. 게다가 벽에는 청소 유니폼이 후줄근하게 걸려 있는 것이 아닌가. 나 하나 일 보고 나오는 거야 어렵지 않지만 나중에 올 다른 장애인까지 똑같은 불쾌감을 겪게 할 수는 없었다.

　나는 책임자를 찾아가 차근차근 이야기를 했다. 이런 일은 시정을 해야 하지 않겠느냐고⋯⋯. 똑같은 이야기라도 당신들이 똑바로 관리하지 않았고 직무 태만이었기 때문에 이렇게 엉망이라고 언성 높여 말하는 '너 전달'과 나는 이렇게 지저분한 화장실이 싫다는 차분한 '나 전달'의 느낌은 다르다. 결국 관리자는 시정하겠노라고 약속했고, 다음에 그곳에 갔을 때 잘 정리된 깔끔한 화장실은 나를 흐뭇하게 만들었다.

　인구의 10%라는 장애인들은 사실 거리를 돌아다녀 보아도 쉽게 찾을 수 없다. 그만치 우리 사회는 아직 장애인들이 나와 이동하는 데 자유롭지 못한 나라다. 지속적으로 투쟁을 하고 있지만 가시적인 성과가 나오려면 아직도 시간이 많이 필요하다.

　그래도 자신의 몸을 이끌고 나와 생업에 종사하거나

돌아다니는 장애인들은 선구자들이다. 소수의 그들로 인해 비장애인들은 장애인 전체를 판단하기 때문이다. 필요하다면 후배 장애인을 위해 항의할 건 항의하고, 따질 건 따져야 한다.

하지만 그 따지는 것이 나만을 대접해 달라든가 기본적인 예의범절과 거리가 먼 막가파식으로 떼쓰고 욕하는 것이어서는 곤란하다. 똥이 무서워서가 아니라 더러워 피한다는 식으로 장애인을 배려하게 만들면 안 된다. 그런 일과성—過性 배려는 인식의 개선은커녕 장애인들은 어쩔 수 없다는 냉소가 되고 말 가능성이 크다. 아직도 우리 사회에 일부 무지막지하고 예의 없고 내가 장애인이니까 어쩔 테냐 하는 식의 장애인들이 없지 않은 것은 사실이다. 그들은 후배 장애인을 위해 편안하고 좋은 길을 닦아 주는 것이 아니라 더 불편하고 부끄러운 길을 만들어 버린다.

웃는 얼굴에 침 못 뱉는다. 장애인이 더 너그럽고, 장애인이 더 친절하고 장애인을 배려하는 것이 더 상쾌하다는 느낌을 비장애인들이 갖게 만들 수는 없는가? 장애인 고객이 더 유쾌하고 밝고 희망적이라는 생각을 하게 할 수는 없을까? 물론 먹고살기 힘든데, 너나 잘 하라고 한다면 할 말은 없다.

리더와 도서관

나는 요새 일주일에 두세 번씩 강연을 다니고 있다. 전국에 있는 초·중등학교와 도서관 혹은 교사 연수 같은 모임에서 나를 연사로 초청하는 것이다.

그런데 최근에는 경기도 일원의 도서관에서 초청이 줄을 잇고 있다. 경기도에 도서관이 많기 때문이다. 그래서인지 사서들을 만나 보아도 자부심을 많이 갖고 있음을 알 수 있다. 서비스나 시설, 혹은 접근성 면에서 경기도 도서관들은 서울을 이미 따돌렸고, 전국적으로도 타의 추종을 불허한다. 서울이 모든 분야의 일등일 것 같지만 도서관에 있어서만은 결코 그렇지 않다. 이미 도내에 공공도서관이 100개를 넘어섰고, 지금도 계속 늘어나고 있다. 읍, 면까지 도서관이 들어가는 것을 보면서 놀라지 않을 수 없다.

이토록 경기도에 도서관이 많아지게 된 이유는 바로 전임 지사가 도서관 정책을 강력히 추진해서 이제 그 결과가 나타나고 있기 때문이다.

도서관 건설은 미래에 대한 투자다. 어릴 때부터 우리 자녀들이 책을 가깝게 하며 정보와 지식을 흡수하고, 흥미를 느끼는 것은 으뜸 교육이다. 독서야말로 한 인간을 개발시키고 그 능력을 극대화시키는 지름길이기 때문이다.

새로 지은 깨끗한 경기도내의 도서관들을 다니며 느끼는 것은 나의 어린 시절에도 우리 동네에 이런 도서관이 있었더라면 얼마나 좋았을까 하는 아쉬움이다. 인구만 많았지, 가까운 곳에 도서관 하나 변변히 있지 않은 서울에서 나는 자랐기 때문이다.

그나마 과거 우리의 도서관에 대한 관심과 정책적 배려는 형편없었다고 해도 과언이 아니다. 장서 수가 태부족인 것은 물론이고, 시설에 있어서도 열악하기 짝이 없었다. 경제가 개발되고 생활수준이 향상되었지만 도서관의 발전은 더뎠다.

여기에는 의사 결정을 할 수 있는 리더나 지도자들의

인식 부족도 한몫 거들었다. 그들 가운데 일부는 도서관에서 독서를 통해 폭넓은 전인교육을 받기보다는 그저 열람실에서 고시 공부나 하고, 수단과 방법을 가리지 않고 줄을 대서 높은 자리에 올라간 사람도 없다고 할 수는 없다. 그런 그들이 의사 결정자가 되었으니 도서관의 중요성을 알 리 없다. 가끔 도서관에 시찰 나와서는 고시생들 공부할 곳이 왜 없냐고 묻기나 한단다.

요즘 큰 도서관은 도서 구입비도 제법 된다고 한다. 어느 어린이 도서관 같은 경우는 한 해에 나온 어린이 신간을 모두 사고도 예산이 남아 살 책이 없다는 고충을 나에게 얘기한 적도 있다. 좋은 책을 좀 더 많이 써 달라는 부탁과 함께……

경기가 어려워지고 있다. 살길이 막막해 뭘 해야 할지 알 수가 없다. 그렇다면 우리가 할 수 있는 마지막 투자는 바로 아이들에게 책을 읽히는 것이다. 동네마다 도서관이 있다면 책을 살 형편이 되지 않아도 걱정할 필요가 없다. 걸어가서 실컷 책을 읽거나 빌려 오면 되기 때문이다. 아이들이 독서삼매경에 빠졌을 때 부모들도 곁에서 오랜만에 책을 한 번 읽어 보자. 불경기나 금융 위기 등의 세파와 시름을 잠시 잊고 선인들의 지혜와 지식과 정보, 흥미 속에 빠져 보자. 삶의 위안은 물론이고 번득이는 아이디어나 정보, 혹은 돌파구를 찾게 될지도 모른다. 이보다 더 좋은 불경기의 대처 방법이 어디 있겠는가?

한 지역의 리더 한 사람이 어떠한 영향을 주민들에게 끼치는지를 나는 경기도에 우후죽순처럼 지어지는 도서관들을 보며 알게 되었다. 그렇다고 해서 내가 특정인을 지지하는 것은 아니다. 책의 중요성을 알고, 도서관을 지으려 노력하며 무엇보다 미래를 위해 꼭 필요한 곳에 투자할 줄 아는 리더가 많았으면 좋겠다는 말이다.

장돌뱅이 김 노인의 교훈

아직도 시골에서는 닷새마다 한 번씩 오일장이 열린다. 나의 작업실이 있는 경기도 가평군 설악면도 그런 곳이다. 장이 열리는 날이면 읍내의 도로가 장사치들의 흥겨운 외침으로 가득하고, 자동차들이 쉽게 빠져나가지 못할 정도로 복잡하지만 모처럼 사람 사는 흥겨움이 넘쳐난다.

그곳 시골 장터에서 우연히 만난 김 노인. 부엌 잡화를 취급하는 그가 잔뜩 쌓아 놓은 물건은 저녁때가 되어도 별로 축이 나 있질 않았다. 옆의 젊은 장사꾼은 많이 팔았는데 못 팔아 어쩌냐니까 노인은 대꾸했다. 다른 장사꾼이 많이 판다고 거길 쳐다보면 안 된다는 거

다. 자기 복대로 팔아먹고 살기 때문에 내일 또 다른 장
터에서 자신의 복을 시험한다며 노인은 작은 트럭에 짐
을 싣고 하루를 마감하며 떠났다.

경기 침체로 큰 손해를 본 적도 있지만 몇 년 전 펀드
투자의 광풍에 수없이 많은 사람들이 휩쓸렸다. 월급을
떼어 던지는 것도 모자라 돈을 꿔서 투자를 하면 손쉽
게 50%, 100%, 아니 그 이상의 수익을 냈다고 한다. 원
래 주식이건 펀드건 부동산이건 각종 재테크에 돈 벌었
다는 사람은 있지만 잃었다는 사람은 별로 없다. 자칫
하면 다 돈 버는 것 같아 들어가지 않은 사람은 조바심
이 나는 게 현실이다. 쉽게 돈 벌 수 있는 펀드에 투자
하지 않은 나 같은 사람은 바보 취급을 당하던 때가 엊
그제 같았는데 요즘은 어찌 되었는가. 펀드 투자라는
말 자체가 잘 들리지 않는다. 아무리 세상이 빠르게 돌
아간다지만 이게 정녕 꿈인지 생신지 알 수가 없다.

부동산은 또한 어떠한가. 강남 불패, 신도시 필승이니
하며 온 국민은 모두 부동산 투기의 선수들이 되지 않
고는 못 배기는 분위기였다. 뭐든 사놓기만 하면 오르
고, 뉴타운에 분양만 받으면 돈을 버는 줄 알고 있었다.
그러나 지금 뉴타운이 완공되었어도 들어가지 못해 빈
집이 넘치는 현실은 또 어쩔 것인가. 재건축한 강남의

사정도 크게 다르지 않다. 한마디로 온 국민이 거품과 신기루에 온몸을 던진 대가를 지불하는 중이다.

그간 우리 삶에는 이처럼 수없이 많은 거품이 끼어 있었다. 남들이 하니 나도 한다는 부화뇌동의 심사가 그런 거품을 부추겼다. 거품이 꺼지는 대가가 참으로 혹독함을 요즘 새삼 느낀다. 과거 IMF의 쓰라린 경험이 되살아나는 것 같지만 우리들이 당장 실천할 만한 뾰족한 방법도 없다.

하지만 어쩌겠는가. 세상이 이렇게 된 것은 그 누구도 아닌 우리들 탓인 것을. 불만 보면 달려드는 부나비처럼 실물이 아닌 허상에 돈을 투자하고 그것을 손쉽게 돈 버는 마법이라도 되는 듯 여기지 않았던가.

미국에서 골드 러쉬가 있었을 때 모든 사람들이 금을 찾겠다고 서쪽으로 몰려갔지만 정작 돈 번 사람은 따로 있었다고 한다. 땅을 파는 괭이나 삽을 빌려 준 사람이 그들이다. 그들은 일확천금의 허황한 꿈 대신 실물경제를 이용해 확실한 푼돈을 한 푼 두 푼 모아 큰 부자가 된 것이다.

경제난은 우리에게 큰 고통과 아픔을 주었다. 하지만 고통과 아픔 속에서 새로운 깨달음을 얻지 못한다면 더 큰 고통을 더 아프게 느낄 수밖에 없다.

위기는 기회라고 했다. 나는 이 기회라는 의미를 새롭게 해석하고자 한다. 다시 또 큰돈을 벌고 다시 또 경제가 부흥되어 돈을 축적하는 기회가 아니라, 우리 생활에 나도 모르게 끼어 있는 거품, 나도 모르게 내 의식을 지배했던 허황된 생각, 일확천금을 꿈꾸며 실속 없이 허공에 떠서 살아왔던 우리 태도를 걷어 낼 수 있는 기회라고 말이다. 나의 분수대로 내가 할 수 있는 나의 영역을 지키며 올곧게 살아가는 자만이 이러한 어려움을 이겨 낼 수 있다. 남이 돈 번다고 그걸 쳐다보면 안 된다는 장돌뱅이 김 노인의 삶이 뼈아픈 가르침으로 다가오는 요즘이다.

꼭 작가가 되어라

부천의 지역아동센터를 방문하기로 한 날 청아한 가을 하늘이 우리를 머리 위에서 내려다보고 있었다.

아이들과의 즐거운 시간을 만들기 위해 나는 그림책의 삽화들을 준비해 갔다. 예쁜 그림을 보면서 아이들이 자유롭게 상상의 나래를 펴고, 글을 써 보는 경험을 시켜 주고 싶었기 때문이다. 아이들 가운데 동시를 쓰는 아이들은 함께 가 준 시인이 봐주기로 했기에 우리는 운문과 산문 모두를 지도할 수 있게 되었다.

처음 센터에 들어선 나를 반겨 주는 것은 구수한 음식 냄새였다. 나중에 알고 보니 센터의 역할 가운데 중요한 것이 바로 끼니 거르는 아이들을 잘 먹이는 것이었다. 열악한 환경에서도 지역아동센터를 꾸려나가는 원장을 만나면서 나의 마음은 아려 오기 시작했다. 현황표를 보여 주면서 하나하나 짚어 주는 아이들의 삶은 정말 어린 나이에 견디기 버거운 십자가였다. 대부분이 수급권자이고, 편부, 편모 가정인데다 저녁밥을 집에서 먹지 못해 센터에서 해결해야 했다. 음식 냄새의 정체를 알 수 있는 대목이다.

그나마 이렇게 지역 아동센터에 머물면서 보호를 받고 굶주린 사랑을 채우는 아이들은 형편이 좋은 거란다. 16만 명 정도의 어린이들을 전국의 지역아동센터에서 돌보는데 그건 전체 저소득 아동의 20%에 불과하다고 했다. 나머지 80%의 아이들은 이 땅의 그늘에서 버려지고 보호받지 못한 채 사회를 위협하는 미래의 폭탄으로 성장하는 것이었다.

"꿈이 없는 게 가장 큰 문제예요."

그랬다. 내가 그날 아이들에게 해 줄 일은 꿈을 심어 주는 일.

그러나 어떻게 짧은 시간에 그런 일을 한단 말인가. 이러구러 수업은 시작되었고 옹기종기 모여 앉은 아이들에게 준비해 간 그림을 하나씩 보여 주며 말문을 틔웠다.

"이 그림 보면 뭐가 생각나지? 어디 한번 이야기해 볼까?"

처음엔 뻔한 대답을 하던 아이들은 조금씩 상상의 나래를 펴기 시작했다. 누가 되었건 뭐라고 한마디만 하면 나는 격려와 박수를 아끼지 않았다. 아이들은 점점 용기를 내기 시작했는데 무슨 말을 하건 다 좋다고 하니까 그럴 만도 했다.

가져 간 그림을 다 보여 준 뒤 아이들에게 나는 아무 그림이나 하나씩 붙잡고 글을 써 보라고 했다. 그때 내 눈에 띈 아이가 용득이. 글을 쓰라고 하자마자 나눠 준 종이를 깨알 같은 글씨로 빼곡히 채워 나갔다. 다른 아이들이 한 시간 동안 장난을 치고, 과자를 먹으며 산만해져 있는 동안 녀석은 한 편의 멋진 동화를 완성했다. 나와서 읽어 보라고 하니 난생 처음 해 본다며 쑥스러워했지만 결국 그 긴 글을 다 읽었다.

"……호랑이는 아빠 엄마가 없는 아기를 잡아먹지 않고 기르기로 결심했다. 얼마 전에 태어난 새끼가 병으로 죽어서 대신 아기에게 젖을 물렸다. 아기는 호랑이의 젖을 먹으며 무럭무럭 자랐다. 그러던 어느 날 아기가 소년이 되자 호랑이는 말했다. 너는 호랑이의 새끼가 아니라 사람의 아이다. 그러니 사람들 사는 곳으로 돌아가야 한다……."

흰 호랑이가 아기를 품에 안고 포근히 잠든 한 장의 그림을 보고 한 시간 남짓한 시간에 만들어 낸 이야기였다. 그렇게 이야기 한 편을 빠르고 완벽하게 꾸미는 건 재능이라고밖에 말할 수 없었다.

"용득이는 나중에 작가가 되면 좋겠다."

내 한마디 말에 고무된 용득이는 모든 일정이 끝나고 내가 차에 타는 것까지 쫓아와 지켜보았다. 총기 있는 눈매의 녀석에게 나는 다시 한 번 말했다.

"용득아, 너 문학에 소질 있어. 나중에 꼭 작가가 되어라. 그러면 이십 년 뒤에 선생님 다시 만날 수 있어."

말을 마치고 나는 마침 출판사에서 받아 차 안에 두었던 새해 달력을 녀석 손에 쥐어 주었다.

그날의 소득은 용득이의 발굴이었다. 꿈을 포기하지 않고 노력해 가난의 질곡을 끊었으면 하는 바람이다. 작가가 꼭 되지 않아도 성장할 동안 만날 수많은 유혹과 방황과 좌절을 딛고 멋진 어른이 되었으면 싶다.

3. 더불어 사는 세상을 위하여

독사에 물리면

미국의 캘리포니아나 애리조나 같은 곳은 사막이 오히려 사람들 사는 곳보다 더 넓다. 전 국토의 98%가 아직 개발되지 않은 나라가 미국이라고 하니 대자연 속에 인간이 살짝 한 발 디딘 정도인 셈이다. 그러한 사막 지역을 다니다 보면 아무것도 사는 것 같지 않지만 수많은 생명체들이 그 안에 숨어서 자신들의 삶을 영위하고 있다.

그 가운데 우리가 흔히 잘 알고 있는 가장 대표적인 동물은 바로 방울뱀이다. 치명적 독성을 가진 이 녀석의 위력은 누구나 잘 알고 있다. 조금만 한적한 곳에 나가면 언제건 만날 수 있는 복병이기도 하다.

그래서인지 미국에서는 한 해에도 수천 명이 방울뱀에게 물린다고 한다. 집에 들어온 방울뱀, 운동장에 나타난 방울뱀…… 수시로 나타나는 이 뱀에게 많은 사람들이 물리지만 정작 사망에 이르는 사람은 고작 열 명에 불과하다.

그것은 무엇을 뜻하나. 그만큼 미국 사회는 국민 안전을 위한 응급 시스템이 잘 되어 있고, 병원이 도처에 많이 있다는 의미이다. 인명을 존중하는 선진국이 바로 어떠한 모습이어야 하는지를 극명히 보여 주는 예라 하겠다.

그런데 인도나 아프리카, 혹은 아시아에서는 독사에게 물리면 대부분 죽음을 맞이할 수밖에 없다고 한다. 물리는 건수는 미국보다 더 적을지 몰라도 죽는 사람은 몇 배, 아니 몇 십 배나 많은 것이 현실이다. 그 이유는 아시아의 뱀이 더 독해서가 아니다. 응급 의료 시스템이 잘 갖춰져 있지 않기 때문이다.

이 사실을 놓고 볼 때 어느 나라에서 태어나느냐가 그 사람의 운명을 결정한다는 말은 결코 틀린 말이 아니다.

우리의 경우는 어떠한가. 뱀에 물리는 것과 같은 응급한 상황이 벌어져서 119를 부르면 구급차가 신속히 달려온다. 사회 안전망이 아프리카나 아시아의 가난한 나라들과는 비교할 수 없을 정도다. 화재의 현장이나, 인명 구조 현장에서 활동하는 구급대원들의 활약도 눈부시다.

어디 그뿐인가. 국민들의 봉사 정신도 날로 향상되고 있다. 태안 앞바다의 유조선 기름 유출도 온 국민이 나서서 바다의 돌멩이 하나까지 씻어 냈다. 지하철과 기차, 비행기 등의 안전 수준도 선진국 수준이다. 국민의 안전과 보호에 최선을 다하며 그 역량이 나날이 발전해 나가고 있다.

그러나 불과 몇 십 년 전만 해도 우리의 주변엔 크고 작은 사건 사고가 즐비했다. 뱀에 물리면 죽는 것은 물론이고, 발이 못에 찔려 파상풍에 걸려도 방치해 죽었고, 산과 들에 널린 6.25 때의 불발탄에 팔과 다리를 희생당하기도 했다. 내 친구들 가운데는 그런 원시적 사고의 피해자도 있다.

어디 그뿐인가. 나이 많은 장애인들을 만나 보면 무지의 탓으로 쉽게 나을 질병이 장애가 된 경우도 많다. 관절염을 병원에 가서 치료하면 멀쩡히 걸을 수 있는데 그냥 놔 뒀다가 다시는 걷지 못하게 되는 경우도 있다. 아니면 무당에게 가서 굿을 하느라 치료 시기를 놓친 경우도 많다.

몇 년 전 장애인 국제회의에서 만난 몽골 장애인은 더 기가 막힌 이야기를 했다. 걷지 못해 휠체어를 타고 생활하다 우연히 한국에서 온 의료봉사단을 만나 수술을 잘 받으면 걸을 수 있을 것 같다는 말만 믿고 한국으로 와서 병원에 입원을 했다. 간단한 수술 끝에 그는 몽골로 돌아갈 때 지팡이를 짚고 걸어서 갔다는 거다.

그걸 보면 격세지감이 느껴지지 않을 수 없다. 우리는 이제 최소한 독사에 물려도 죽는 사람은 거의 없다. 사회 응급 구조 시스템이 건재하기 때문이다. 독사에 물려 사느냐 죽느냐도 이렇게 한 사회의 선진성에 의해 좌우된다. 세계 최빈국에서 10위권의 경제 대국으로 달려온 우리 국민들의 노고에 감격할 뿐이다.

지금 지하철을 타고 있는
행복한 당신에게

    나는 평생에 지하철 전동차를 딱 5번 타 봤다. 아마도 자신이 지하철을 이용한 회수를 정확히 기억하는 사람은 나밖에 없을 것이다. 그러나 나는 생생하게 기억한다. 그건 바로 내가 1급 지체장애인이기 때문이다. 목발이나 휠체어를 타야만 이동이 가능한 나에게 지하철은 정말이지 난공불락의 요새이다.

    요즘 짓는 지하철역은 엘리베이터나 리프트가 있지만 옛날 역은 장애인이 없던(?) 시절에 지어서인지 편의시설이 전혀 갖춰져 있지 않다. 우리 사회의 가장 큰 코미디가 뭔지 아는가. 그건 바로 장애인의 지하철 이용료가 무료라는 점이다. 이보다 더한 난센스가 어디 있단 말인가. 아마도 우리의 지하철은 비싼 엘리베이터나 리프트 대신 지하철 요금 할인해 주는 것으로 때우려는 것 같다. 이건 마치 외계인에 한해 지하철 이용시 1억원을 준다는 것과 마찬가지 논리다.

요즘 잦은 사고로 장애인들을 저승으로 보내는 일등공신 역할을 하는 리프트도 문제다. 이것이야말로 전시행정의 표본이다. 엘리베이터를 설치하려면 몇 억 원의 예산이 드니까 차선으로 선택한 것이 이 리프트인데 이게 아주 애물단지다. 수동 휠체어를 타는 사람만 탈 수 있도록 설계된 것이어서 그 안전성에 문제가 있다. 아이러니컬하게도 수동 휠체어를 타는 대부분의 사람들은 지하철을 이용할 수 없다. 그 긴 동선動線을 팔 힘만으로 이동한다는 건 불가능하기 때문이다. 결국 지하철을 이용하는 사람의 8~90%는 전동 휠체어를 이용하는 중증 장애인이 될 수밖에 없다. 그들은 지하철을 이용해 서울 시내 어디든 다닐 수 있는 사람들이니까. 그런데 현재의 리프트는 전동 휠체어의 무게를 감당할 수 있도록 설계된 것이 아니다. 그러니 사고가 날 수밖에.

그러면 사람들은 말할 것이다. 장애인들이 왜 쓸데없나 나돌아다니느냐고. 혹은 왜 위험하게 타지 말라는 리프트나 지하철을 타려 애쓰느냐고.

그런 생각을 하는 사람은 시각을 바꿔야 할 필요가 있다. 지하철을 비롯한 사회간접자본의 목적이 무엇인가. 가능한 한 많은 사람이 편안하게 이용하는 것이 그 지향하는 바이다. 그렇다면 장애인들이 이용하지 않는 지하철이 맞는 건가, 이용하는 지하철이 맞는 건가? 장애인이 지하철역으로 리프트를 타고 내려가다 추락사하면 그건 장애인의 잘못인가, 엘리베이터를 갖추지 않은 지하철 당국의 잘못인가?

이런 이유 때문에 지금도 수많은 장애인들은 지하철을 타고 싶다고, 버스를 타고 싶다고 목에 쇠사슬을 걸고 투쟁에 나서는 것이다. 만원에 시달리는 지하철, 참사가 일어날 수도 있는 지하철, 지옥철로 불리기까지 하는 그 지하철을 타고 어디든 남의 도움 없이 혼자 힘으로 가는 것, 그것이 우리 장애인들에겐 크나큰 염원이고 갈망이다. 혹 장애인들이 지하철을 점거하고 운행을 방해해 불편을 끼치더라도 너그러운 마음으로 양해하시기 바란다. 장애인들은 어린이가 놀이공원에서 보이는 대로 놀이기구 타 보겠다고 떼쓰는 것처럼 지하철을 이용하겠다는 것이 아니다. 지하철을 타고 당신들처럼 학교에 가고 싶고, 직장에 출퇴근하고 싶고, 사랑하는 사람 만나 연애를 하고 싶기 때문이다. 인간의 기본적인 권리를 지하철은, 아니 이 세상은 장애가 있다는 이유만으로 짓밟고 있다. 장애인도 인간이다.

그렇기에 친구들에게 업혀서 몇 번 타 본 지하철의 아련한 기억은 아직까지 나에게 행복한 추억으로 남아 있는 것이다. 당신은 비록 지긋지긋할지 모르지만…….

꼬마 성자

"선생님, 이 돈 나 대신 기부해 주세요."

나의 강연을 들은 한 어린이가 꼬깃꼬깃 접은 만 원짜리 한 장을 내밀고는 책에 사인을 받겠다고 줄 선 아이들 사이로 재빨리 사라졌다. 이름조차 알려 주지 않고……

나는 일 년이면 백 회 넘게 전국의 초, 중등학교를 비롯해 도서관 등지에 강연을 다닌다. 강연을 가면 항상 장애인이 차별받지 않는 세상을 만들어 달라고 호소한다. 저술과 강연이 작가들의 원래 할 일이지만 이토록 지나칠 정도로 많이 다니는 이유는 바로 이 세상을 조금이나마 바꿀 수 있다는 신념 하나 때문이다. 그건 1

급 지체장애인이라는 이 사회의 약자로서 평생을 살아온 내가 사는 이유이기도 하다.

그동안 언행일치가 필요하다는 생각에서 장애인을 위해, 혹은 이 사회를 위해 저서의 판매 수익금이나 인세 등을 기부한 적이 있다. 이 사실이 세상에 알려진 뒤로는 이렇게 강연에서 내 책을 사주거나, 장애인 후원을 약속하는 사람들이 더 많이 생겨나곤 한다. 아무 말 없이 자신을 밝히지 않고 이웃사랑을 실천하는 사람들을 보면 어린 시절의 씁쓸한 기억이 떠오른다.

초등학교 입학 전 나는 잠시 장애인 재활시설에서 지낸 적이 있다. 또래의 장애아들과 함께 생활했는데 어느 날 갑자기 모든 아이들은 꽃단장을 해야만 했다. 왜 그런가 했더니 모 유명 사회단체에서 기부금과 위문품을 들고 온다는 거였다.

약속 시간보다 늦게 도착한 그들을 즐겁게 하기 위해 장애아들은 불편한 몸으로 온갖 재롱을 보여 주어야만 했다. 춤추고 노래하고, 갖은 아양을 다 떨었다. 잠시 후 행사 순서에 입각해 사회단체 사람들은 자신들이 누구이며, 왜 왔는지를 장황하게 늘어놓고, 이 사람 저 사람 마이크를 돌려 가며 한마디씩 했다. 지루한 식순이 진행될 동안 아이들은 쉬지도 못한 채 대기했다. 모든 행사가 끝나고 나서야 비로소 그들은 준비해 온 돈과 학용품들을 내놓았다. 그들의 그런 행태는 결코 고맙거나 감동적이지 않았다.

누군가를 돕는 행위는 철저히 도움을 받는 사람 입장에서 행해져야 한다. 도움을 받는다는 사실도 결코 유쾌한 것만은 아니기 때문이다. 오죽했으면 성경에서도 주는 자의 오만함을 경계했겠는가. 남을 도울 때 오른손이 하는 일을 왼손이 모르게 하라고…….

그래서 나는 우리 아이들이나 아내에게 용돈과 생활비를 줄 때조차 일절 잔소리 없이 가장 빠르게, 가장 조용히 건네려 애쓴다. 자칫 잘못하면 돈 주고 좋은 소리 못 듣는 수가 있기 때문이다. 노력하지만 아직도 완벽히 실천하지 못하고 있는 경지가 바로 그것이다.

그렇게 자신을 밝히지도 않고 내게 돈만 건네고 간 어린이는 어떻게 도움을 받는 사람의 입장을 알게 된 걸까? 혹시 꼬마 성자는 아닐까? 지금까지도 무척 궁금하다.

근육병 걸린 민국이

어느 날 강원도 철암에서 민국이가 아파서 병원에 입원했다는 이메일이 날아왔다. 나는 가슴이 덜컹했다. 혹시 민국이에게 안 좋은 일이 생긴 건 아닐까.

민국이와 나의 인연은 몇 년 전으로 거슬러 올라간다. 강원도 탄광마을 철암도서관에 가서 어린이들에게 강연을 하던 나는 혹시나 해서 물어보았다.

"이곳에도 장애아동이 있니?"

그러자 아이들이 이구동성으로 대답했다.

"민국이요!"

"민국이 휠체어 타요."

근육병에 걸린 민국이. 초등학교 1학년인데 벌써 발

병해서 휠체어 신세를 진다고 했다. 근육병은 몸의 근육이 서서히 퇴화해 회복되지 않는 무서운 병이다. 그래서 근육병 환자들은 오래 살지 못한다. 심장 근육이 멈추면 숨을 거두어야 하기 때문이다.

어린 나이에 근육병에 걸린 민국이 이야기를 나는 동화로 쓰고 싶었다. 출판사 사람들과 함께 찾아가 만난 민국이는 어려운 형편이었다. 아빠는 사업을 하다 빚을 크게 져서 어디론가 종적을 감추었고, 엄마 혼자서 힘겹게 아들을 키우는 중이었다. 작은 아파트에 엄마와 둘이 살고 있는 민국이의 모습을 보고 내 눈에는 눈물이 흘렀다. 과거 나를 업고 학교에 다니던 어머니의 모습이 거기에 겹쳐 보였기 때문이다. 민국이는 과연 어떤 삶을 살아야 할까? 왜 이 땅에는 계속 이렇게 장애아동이 생겨나서 고통을 받아야 하는 걸까? 이런 생각이 꼬리를 물어 가슴이 너무나 아팠다.

취재를 하고 돌아서는데 민국이 엄마가 일행에게 작은 선물을 하나씩 내밀었다. 태백 지역 특산물인 산나물 말린 것이었다. 우리들은 극구 사양했지만 산골 마을의 순박한 인심까지 외면할 수는 없었다. 어려운 형편이지만 선물까지 준비한 그 성의를 고맙게 받기로 했던 것이다.

나중에 확인하니 민국이가 감기가 좀 심하게 걸렸다는 거였다. 다행이 아닐 수 없었다. 민국이에게 나는 이 말을 해 주고 싶다.

"민국아, 비록 세상은 각박하고 장애인에게 차별과 편견으로 마음에 상처를 줄지라도 너의 삶이 변하거나 망가져서는 안 된다. 이 땅에 장애인으로 평생을 산다는 것이 얼마나 어둡고 고통스러운 일인지 나는 잘 안단다. 그래서 너를 생각할 때면 마음이 아프고 늘 눈물이 앞을 가린단다. 너 같은 아이들이 전혀 삶에 대해 걱정하지 않고 우리 사회의 보호와 배려를 받으며 행복하게 살 수 있는 세상을 만들도록 더 노력할게."

그건 사실 나에게 하는 다짐이기도 하다.

다행히 민국이는 얼마 후 건강하게 퇴원을 했다고 한다. 앞으로도 민국이가 건강하게 자라고 즐거움이 늘 가득했으면 좋겠다. 주위 사람들의 도움과 보살핌을 통해 이 땅이 아직은 살 만한 곳이고, 정과 사랑이 넘치는 곳이라는 믿음이 그 작은 가슴에서 싹틀 수 있게…….

강자들의 후안무치

나는 다행히 자동차를 운전할 정도는 되어서 사회생활에는 크게 지장이 없다. 행운이 아닐 수 없다. 그러나 자동차에서 내려 휠체어로 옮겨 앉는 순간부터 나는 교통약자인 보행자, 그보다 더한 장애인으로 바로 원위치다.

한 번은 인근 우체국에 우편물을 부치러 갔을 때의 일이다. 월말이어서인지 그날 따라 손님들이 부쩍 붐비는 창구에서 어렵사리 용무를 마치고 나왔다. 그런데 현관 옆으로 나 있는 장애인용 경사로 입구를 자동차 한 대가 불법으로 주차해 막은 것이 아닌가. 분명히 아까 들어올 때는 비어 있어 내가 이용한 공간이었는데. 경사로만을 이용할 수밖에 없는 나는 다시 우체국 안으로 들어가 손님 가운데 길을 막은 차 주인을 찾아냈다. 정중하게 자동차를 치워 달라고 부탁했다.

"죄송하지만 장애인 경사로를 차가 막고 있어서요."

"에이, 멀쩡한 사람도 먹고살기 힘든데 장애인들까지 나돌아다녀. 집에나 있지."

내가 들으라는 듯 중얼거리며 그 몰상식한 운전자가 자동차를 이동시키고서야 나는 비로소 경사로를 내려올 수 있었다.

시내를 다니다 보면 이런 일은 비일비재한데 또한 비슷하게 곤혹스러운 것이 인도 위에 떡 하니 올라와 주차한 자동차들의 뻔뻔함이다. '차는 차도로, 사람은 인도로'라는 원칙이 무색할 지경인데 그나마 비장애인들은 한두 뼘 남짓한 틈으로 지나다닐 수 있지만 휠체어를 탄 나는 자동차에 막혀 갈 길을 가지 못하고 만다. 자신의 편의를 위해 남의 권리는 얼마든지 유보할 수 있다는 생각이 그런 운전자들의 다른 사람은 전혀 생각하지 않는 행태를 만든 것이다.

어디 그뿐인가. 자동차가 많은 곳에서 이동할 때면 나는 항상 신경을 곤두세운다. 휠체어의 높이가 낮기에 운전자가 후진을 하거나 회전을 할 경우 나 같은 장애인들이 시야에 잘 안 들어온다는 걸 경험으로 알고 있기 때문이다. 내가 지나가는데도 못 보고 후진으로 들이미는 차를 황급히 트렁크 두들겨 세운 적도 있었다. 위험천만이 아닐 수 없다. 그러니 의사표시를 제때 못하고 판단력이 흐린 어린이들이나 중증 장애인들이 왜 교통사고를 자주 당하는지 알 수 있다.

한 사회의 선진성은 보는 사람이 없어도 원칙이 얼마나 잘 지켜지는가로 판단할 수 있다. 내 입장에서 보면 그것을 가장 극명히 볼 수 있는 곳이 바로 장애인용 주차 공간이다.

장애인용 주차 공간은 분명히 법적으로 정한 장애인만의 독점적이고 배타적인 장소이다. 비장애인에게 그곳은 아예 차를 댈 수 있는 공간으로도 여겨지면 안 되는 곳이다. 늘 비워져 있는 장애인용 주차 공간은 언제 올지 모르는 교통 약자에 대한 사회의 배려다. 그것은 언제고 자신도 장애인이 될 수 있다는 생각의 발로이기도 하고, 역설적으로는 그 공간을 이용하지 않아도 되는 건강함에 감사하는 것이기도 하다.

그럼에도 우리의 경우는 어떠한가. 많이 나아졌다지만 여전히 일반 주차 공간이 부족하면 잠시 대고 갔다 온다는 생각, 나 한 대쯤이야 어떠랴 하는 안이함으로 규칙을 무시하고 만다. 너무도 쉽게 약자의 권리를 침해해 버리고는 전혀 개의치 않는 것이다. 그래서 장애인용 주차장은 비장애인들이 주차하지 못하게 막아 두거나 별도로 관리인이 있는 걸 보게 된다. 자발적이어야 할 공간이 타율적인 규제의 공간이 되고 말았다.

혹자는 그런 행위를 적극 단속해야 한다지만 단속은 자발적인 준수를 위한 최소한의 장치일 뿐임을 안다면 아직도 우리의 의식 수준이 낮다고 말할 수밖에는 없다. 벌금이 아무리 무거워도 자발적인 선진 의식만 못한 건 삼척동자도 다 아는 사실이다.

뿐만 아니라 장애인용 주차장의 규격도 법에서 정한 것을 태반 지키지 못하고 있다. 일반 주차 공간에 휠체어 탄 장애인 마크만 그려 넣는다고 해서 그것이 곧 장애인용 공간은 아니다. 나 같은 사람은 문을 활짝 열어야 차에 타고 내릴 수 있는데 겨우 2, 30센티미터의 공간만 확보할 수 있는 좁은 주차 공간은 아예 나 같은 교통 약자는 그곳에 오지 말라는 뜻이나 마찬가지다.

이런 모든 현상들을 보면서 나는 생각하지 않을 수 없다. 교통 정책이나 자동차 문화 전반을 교통 약자의 입장에서 재검토하지 않으면 안 된다고…….

묵자는 이렇게 말했다.

모든 사람이 상대방을 사랑하면 강자는 약자를 억누르지
않는다.

　부자富者는 빈자貧者를 짓밟지 않는다.

　귀인은 천인을 압박하지 않는다.

　지자智者는 우자愚者를 속이지 않는다.

　이렇듯 천하가 강탈과 원한을 일으키지 않으려면 상대방
을 사랑할 일이다.

　자동차 문화를 향유하는 강자들이 자신의 행복과 여
유를 위해 약자를 짓누르지 않으려면 법이나 규제보다
는 사랑하는 마음이 우선해야 한다. 약자를 짓밟고 얻
는 나의 편리함, 그것이 진정 강자인 자동차 운전자들이
원하는 것은 아닐 것이기 때문이다. 휠체어를 탄 나 같
은 사람도 보호받고 편리하게 이동할 수 있는 세상, 그
것이 바로 우리가 꿈꾸는 더불어 사는 세상이 아닐까.

자동차는 약자의 이기利器다

얼마 전 텔레비전 프로를 보던 중 눈에 띄는 장면이 있었다. 리얼리티쇼 프로그램인데 탐험가가 전인미답의 로키산맥 한가운데에 들어가 맨손으로 살아 돌아오는 내용이었다. 영국군 특수부대 출신이라는 그는 맨손으로 자연 속에서 살아남는 체험 프로그램을 진행하고 있었다. 1주일 가까이 지렁이를 잡아먹기도 하고, 이슬을 맞으며 잠을 자거나 곰에게 쫓기면서 산속을 방황하던 그는 마침내 숲에서 빠져나와 도로를 달리는 자동차들을 발견한다. 자동차를 보며 기뻐하던 그의 얼굴은 바로 가족의 품으로 돌아갈 수 있다는 확신과 안도에 찬 것이었다. 지나가던 자동차를 얻어 타고 원하는 목적지까지 감으로써 그 프로그램은 끝이 났다. 무사귀환인 것이다.

이를 보면서 나는 자동차가 우리 인간에게 어떤 의미인가를 다시 한 번 생각하게 되었다. 한때 자동차는 부와 권력의 상징이었다. 나의 어린 시절만 해도 자가용 승용차가 있는 집은 동네에서 하나 둘에 불과했다. 자동차가 골목길에 나타나는 날이면 그 반짝반짝하는 외양과 엔진 소리, 빠른 기동성, 자동차에 앉았을 때 느끼는 안락함 등 모든 것이 다 경외의 대상이었다. 자가용 승용차를 갖는다는 건 아무나 누릴 수 없는 특권이었다. 그야말로 힘과 권력, 그리고 사회적 신분의 상징이 자동차라 해도 부족함이 없었다.

그러나 세상은 빠르게 변했다. 이제 자동차는 누구나 소유할 수 있고, 타고 다니며 자신의 삶을 좀 더 윤택하고 편리한 것으로 만드는 한낱 도구의 자리로 내려왔다. 자동차를 타고 나타났다고 해서 그 사람이 강자가 되는 것은 결코 아니다.

물론 여전히 자동차는 위압적이고, 빠르며, 강하다. 그러나 이제 그런 빠르고 강한 자동차의 속성은 더 이상 약자를 억압하거나 군림하는 것이 아니다. 오히려 자동차의 그런 빠르고 강함과 안락하고 편안함이 사회적 약자들에게 큰 도움이 되는 것이 요즘이다.

가장 큰 자동차의 혜택을 입은 계층이 여성이다. 자정 무렵이나 그 뒤의 새벽 시간에 여성이 길가를 마음 놓고 걸어 다닐 수 없다. 그건 두렵고 위험한 일이다.

하지만 자동차를 운전한다면 얘기는 다르다. 그네들은 자동차 안에서 안락함을 느끼며 추위나 더위에 영향받지 않고 원하는 목적지까지 안전하게 갈 수 있다. 자동차의 안전성과 안락함이라는 덕목이 발휘되는 순간이다.

과거에는 여성 운전자들이 어쩌다 한 번 눈에 띄면 모두 다 신기한 눈으로 쳐다보았다. 자동차는 강자들의 전유물이었기 때문에 여성이 자동차를 몬다는 사실 자체가 생경했다.

그러나 이제 자동차는 약자들을 지키고 약자들을 방어하는 보호수단이다. 위험한 상황에 처하면 어린이나 여성들은 차 안에 남아 있는 것이 가장 안전하다. 백화점 같은 곳에 여성 전용 주차장이 생긴 것도 자동차를 타고 다니는 여성들이 그만큼 많아졌을 뿐만 아니라 자동차에서 나오는 순간 위험에 노출되는 여성들을 보호하기 위함이다.

또 다른 약자인 장애인의 경우는 어떠한가. 집에만 있

는 재가장애인在家障碍人에게 작은 미니 트럭이 한 대 생겼다고 가정해 보자. 그는 그것으로 장사를 하거나 노점을 하면서 자신의 삶을 꾸려 나갈 수 있다. 그야말로 자동차가 생계 수단이 되며 삶의 유일한 동반자가 될 수 있는 것이다. 자동차의 신속성과 이동성 덕분이라 할 수 있다.

사람이 원하는 곳까지 자신의 의사에 따라 빠르고 안전하게 이동하는 것, 그것은 인권을 보장해 주는 것이나 다름없다. 그래서 국가에서는 장애인들에게는 자동차에 관한 각종 세금을 면제해 주고 혜택을 주거나 다양한 배려를 하는 것이다.

그렇다면 이제 자동차를 모는 행위에 대한 인식도 바뀌어야 한다. 걸어가는 사람, 자동차를 타지 못한 사람에게 군림하는 것이 아니라 약자를 위해 배려하는 마음이 우선해야 한다. 주행 중 덩치로 밀어붙이는 커다란 중장비들에게서 위협을 느낀 적은 누구나 있을 것이다.

그러나 차의 덩치와 힘은 아무 상관이 없다. 오히려 덩치가 크고 위압적인 중장비 자동차가 작고 약한 소형차들을 두려워해야 한다. 여성이나 노약자 같은 사회적 약자들이 자동차를 타고 가는 행위의 의미가 더욱 남다르고 절실하기 때문이다. 그들의 그런 처지를 이해한다면 강자로서 자동차 이외의 여러 가지 대안이 있는 사람들은 양보하고 그들을 위해 배려하는 마음의 자세를 갖춰야 한다.

네가 이기나 내가 이기나 보자는 식의 밀어붙이는 행태로는 올바른 자동차 문화가 형성되기 어렵다. 강자가 약자를 이기는 원리가 작동하는 곳은 사람 사회가 아니라 야생의 사회라고 할 수밖에 없다. 달리는 흉기로 무장한 야수들이 판치는 세상은 문명사회가 결코 아니기 때문이다. 자동차문화의 선진화는 바로 약자에 대한 배려로 가늠될 수 있다. 아무리 작고 초라한 자동차라도 약자를 보호하는 소중한 이기利器임을 잊지 말자.

최소한 같이 놀 수는 있잖냐

"야, 너 왜 그 안내문 버리는 거야?"

갑작스런 내 질책에 술에 취한 동창 녀석은 찔끔해서 궁색한 변명을 늘어놨다.

"다, 다 알았다구."

"알긴 뭘 알아? 통장 번호랑 거기에 다 있는데."

어느 해 말 송년 반창회 모임에서 있었던 일이다. 모교에 장학금을 모아 전달하자는 취지를 담은 안내문을 한 녀석이 구겨 버려 나는 안 좋은 감정을 드러내고 말았다. 그걸 준비하려 애썼던 내 수고가 무시당한 느낌 때문이었다.

고등학교를 졸업한 지 30년이 가까워 오는데 나는 3

학년 때 같은 반이었던 아이들의 모임인 반창회를 이끌고 있다. 이끈다니 거창하게 들리지만 사실은 인터넷 카페를 운영하고, 주소록과 회비 통장을 관리할 뿐이다. 물론 송년회 등으로 만날 일이 있으면 연락을 하는 것도 내 담당이다.

대개 문학을 하는 사람들은 내성적이고 폐쇄적이어서 이런 모임에 소극적이다. 나오라고 해도 잘 안 나갈 뿐더러 연락조차 안 되기 십상이다.

하지만 나는 성격이 그렇지 못하다. 사람을 좋아하고, 연락해서 작당하는 일이 좋으니 어쩔 수 없다. 나 같은 사람이 하나쯤 있어야 어느 모임이든 운영되는 법이라고들 말하긴 한다.

우리 반창회는 현재 30명 정도가 연락이 되어 서로의 소식을 들을 수 있다. 자녀들이 이미 대학에 들어간 나이인데 고3 반창회의 맥을 아직도 잇고 있으니 참 특이하고 어찌 보면 징그러운 모임이다.

하지만 우리 반창회가 처음부터 이렇게 활성화한 것은 아니었다. 학교를 졸업한 후 대학에 진학하거나 사회에 뛰어들면서 각자 소그룹으로 모이거나 만나고 있었기 때문이다.

신혼 초 살림집을 얻으려고 홍은동 부근 부동산 소개

소 앞을 아내와 함께 얼쩡거리고 있을 때였다. 우리 앞을 지나쳐 간 승용차 한 대가 갑자기 저만치에서 후진을 했다. 그러더니 차에서 내린 사내가 다가와 아는 체를 하는 것이 아닌가. 바로 고등학교 3학년 때 같은 반이었던 친구.

이미 결혼을 해 그 동네에서 살림을 차리고 있던 녀석의 집에 예정에도 없이 끌려가 내외간 서로 인사를 나누었다. 이런저런 얘기 끝에 녀석이 같은 반이었던 아이들 서넛과 연락을 하며 친하게 지낸다고 했다. 나도 그런 친구들 서넛을 알고 있어 우리는 자연스럽게 모임을 합치게 되었다. 그러면서 물방울들이 모여 몸집을 불리듯 우리의 반창회 모임은 커져 갔다.

모임이 커지는 것과 활성화는 분명 다른 문제다. 만남이 즐겁고, 자꾸 나가고 싶은 마음이 생겨야 하기 때문인데 다행히 우리 모임을 주도하는 나는 이미 대학과 사회생활에서 이런 모임 이끄는 비법을 터득하고 있었다. 그 비법은 별것 아닌데 대부분의 사람들이 잘 모르고 있다.

우선은 나처럼 사람 좋아하고 인맥 관리를 즐거하는 사람이 회장이나 연락책을 맡아야 한다. 그래야 즐거운 마음으로 부담 없이 시간 내서 전화기 버튼을 눌러 모임을 주선할 수 있기 때문이다. 바쁜 사람에게 이런 보직을 맡기면 십중팔구 그 조직은 와해된다. 연락이 없다 보면 모임의 결속력이 약해지기 때문이다.

두 번째로는 모임을 너무 자주 가지면 안 된다. 어떤 모임은 한 달에 한 번, 혹은 두 달에 한 번씩 날짜를 정하고 모인다고 한다. 물론 동호회 성격의 모임이라면 자주 모일수록 좋다. 그러나 우리는 아무런 공감대도 없는 그야말로 반창회일 뿐이다. 까까머리 시절 같은 반에서 옹기종기 1년을 보냈다는 사실밖에는 아무런 결속력이 없다. 그러니 너무 자주 모이도록 강제하면 그리움의 농도가 옅어지고 쉬 식상하게 마련이다.

세 번째로는 회비의 문제다. 어떤 모임은 정기적으로 돈을 모아 부부동반 여행을 간다고 한다. 그런 모임은 이미 회원이 폐쇄된 멤버스 온리 모임이다. 우리같이 열린 반창회에서는 자칫하면 그런 회비가 갈등의 원인이 되기 십상이다. 생전 안 오던 동창생이 여행 간다니까 회비 몇 번 내고 따라나서도 입장 곤란한 일이다. 꾸준히 회비 낸 사람과 차등이 생기기 때문이다. 또한 회비 성실히 낸 사람이 여행에 못 가도 곤란하다. 회비를 돌려줄 수도 없고 안 돌려줄 수도 없기 때문이다. 본의 아니게 돈이 모든 문제의 화근이라는 사실을 짐작케 하는 부분이다.

그래서 내가 세운 원칙은 회비는 걷지 말자였다. 그래도 섭섭한 몇몇 친구들이 통장을 만들라고 해서 간간이 생각나면 보내기도 했다. 모 치과병원 원장 같은 친구는 몇 년간 매달 만원씩 빠뜨리지 않고 넣는 바람에 우리들 사이에서 역시 공부 잘 하는 녀석은 다르다는 칭찬을 들었다.

네 번째로는 모임을 가졌을 때의 식비다. 졸업한 지 제법 시간이 경과하여 동창 가운데는 내로라하는 기업의 임원이 된 녀석도 있고, 벤처기업을 차리거나 장사를 해서 성공한 친구도 있다. 밥을 먹으면 당연히 한번쯤 내도 될 형편인 친구가 여럿이다.

하지만 나는 극구 그렇게 과용하는 것을 막는다. 그역시도 모임을 와해하는 위험 요소인 때문이다. 사실 특정인이 전체의 밥값을 내는 것은 나머지 구성원들에게 부담스러운 일이다. 한 번 그런 식으로 얻어먹고 나면 다음 번에 누군가가 내지 않을 수 없는 노릇이다. 그렇게 서로 눈치를 보다 보면 가장 편해야 할 반창회가 오히려 불편한 자리가 되고 만다.

오랜 고심 끝에 내가 만든 방식은 바로 더치페이. 그날 자신들이 먹은 만큼 돈을 나눠 내는 것이다. 이는 여러 가지로 장점이 많은 방식이다. 우리 모임의 구성원 가운데에는 형편이 어렵거나 사업을 하다 망한 친구도 있다. 그런 친구를 위해서라도 회비는 각자 먹은 걸 내게 하는 것이 좋은 방식이었다. 최소한 자신의 음식값 낼 돈만 있으면 모임에 부담없이 나와 동심으로 돌아갈 수 있기 때문이다.

모임이 오래 가게 되면 연락 끊기는 친구도 있게 마련이다. 전화번호를 바꾸고 이사를 가 버린 뒤 수년간 접촉을 끊으면 자연스럽게 발생하는 현상이다. 이런 친구들조차 버릴 수는 없다. 우리는 흔히 이런 친구를 '돌아온 탕자'라고 부른다. 탕자들을 위해 우리는 안전장치를 마련했다. 우리가 졸업한 기수가 10기이고 13반 모임이라서 매년 10월 13일 저녁 7시에 교문 앞에서 모이기로 정해 버린 것이다. 요일불문, 일기불문, 연락불문이 원칙이었다. 한마디로 하늘이 두 쪽 나도 그날은 교문 앞에 가면 동기생을 만날 수 있게 해 놓았다. 그러면 10년이 지난 뒤에도 친구들이 그리울 때 그날 그 시간에 교문 앞에서 보고팠던 얼굴들을 만날 수 있게 된다.

이렇게 세심히 정성껏 키워 온 반창회에서 지난해에 좋은 이야기가 나왔다. 그저 만나 얼굴이나 보며 웃고 떠들 게 아니라 뭔가 좋은 일 좀 하자는 아이디어였다.

그래서 모교의 교장 선생님께 문의한 결과 더도 말고 덜도 말고 한 사람이 만 원씩만 매달 모아 200만 원의 장학금을 만들어 주면 아주 큰 도움이 된다고 하셨다. 그 금액이 요즘 고등학생 한 사람의 1년치 등록금이란다.

그 정도라면 20여 명이 모이는 우리 반창회가 부담 없이 만들 수 있겠다 싶어 모금이 시작되었다. 통장 번호를 알려 주고, 기한을 정해 형편껏 돈을 보내라고 모두에게 통지해 놓았다. 그런데 사람의 마음은 다 같을 수가 없는 듯했다. 지난 송년회 때 이런 취지를 알려 주며 통장 번호 적은 종이를 배포했는데 그 가운데 한 녀석이 내 눈앞에서 그 종이를 구겨 버린 거였다. 친구들의 만류로 일촉즉발까지 갔던 상황을 넘기게 되었지만 나는 쓸데없이 오지랖이 넓어서 이런 꼴을 당한다는 자괴감이 앞섰다.

아무튼 그리하여 장학금을 모았는데 여론은 조용히 소리 없이 전달하자는 의견이 대세여서 모교 통장으로 입금하고 말았다. 물론 교장 선생님께서 친히 모금자들에게 일일이 전화를 걸어 치하해 주셔서 보람도 느꼈다.

얼마 전 자연산만 취급한다는 횟집으로 한 동창생이 나를 초대했다. 안내문을 구겨 버린 녀석에게 아직도 감정의 앙금이 남아 있는 나에게 그 동창생이 한 말은 이거였다.

"야야, 그 자식 너무 미워하지 마라. 우리가 늙으면 그런 녀석도 불러다 최소한 같이 놀 수는 있잖냐?"

그렇다. 그 말이 내게 깨달음으로 다가왔다. 친구는 그저 늙어서 아무도 상대해 주지 않을 때 최소한 함께 놀 수 있는 존재이면 되지 않는가. 무엇을 더 바란단 말인가.

역지사지易地思之의 정신

내가 아는 어느 복지재단의 상임이사는 집이 경기도 수지다. 광화문까지 출근을 하는 그는 가장 작은 국산의 경차를 타고 다닌다. 예쁘고 깜찍한 차여서 출퇴근용으로는 딱이라는 것이다. 40대 후반의 나이에 사회적지위도 있는 그이지만 경차를 타고 다니는 그 실천력이항상 부럽다.

그런 그가 경차를 타고 다니면 어떤 일이 좋은지를 우리에게 설파했다. 고속도로 통행료도 할인이고, 기름값도 적게 들고, 주차비도 반액이라는 거다.

그런데 각종 혜택을 자랑스럽게 늘어놓던 그의 마지막 말은 앙금이 남는 것이었다.

"다 좋은데 차가 작다고 큰 차들이 밀어붙일 때 약간은 비애를 느끼죠."

수많은 혜택이 그러한 비애를 상쇄한다고 말하지만 사실 경차를 탈 때 느끼는 큰 차들의 위압감은 상상을 초월하는 것이다. 물리학의 법칙이 적용되는 세상이기에 큰 차와 작은 차의 안전도나 방어력은 결코 똑같을 수 없다.

그렇기에 자동차 생활에서 가장 기본이 되어야 할 것은 바로 역지사지다. 나 역시도 15년 전 처음 구입한 자동차가 1500CC 소형차였다. 국산 차 가운데서 가장 작고 실용적인 차를 사서 만족도 최고였지만 그때 항상 두려웠던 것은 큰 차들이 빨리 달리는 고속도로 주행이었다. 덤프트럭 같은 큰 차들이 옆 차선을 주행할 때 가르는 그 공기가 내 차를 흔들 정도였기 때문이다. 작고 가벼운 차가 느끼는 불안감은 클 수밖에 없었다.

그런데다 규정 속도를 지키고 주행할 때 뒤따라오는 커다란 차량들이 하이빔을 켜거나 경적을 울리면 그야말로 당황하게 된다. 자동차 운전에서 침착함을 잃으면 큰 사고를 유발한다는 사실을 누구나 알고 있는 터. 왜 큰 차들은 하나같이 작은 차들을 찍어 누르는 것처럼 느껴질까.

그러한 역지사지의 마음이 있기에 지금도 나는 길거리에서 다른 차들을 절대 힘으로 위협하지 않는다. 차는 동등한 차일 뿐이다. 사람도 큰 사람이라고 투표권이 두 개 있지 않고, 작은 사람이라고 투표권이 없지 않은 것과 마찬가지다. 크건 작건 차 안에 탄 사람은 보호받고 공정하게 대접받아야 할 사람이기 때문이다. 자동차 사이에서도 상대방의 입장을 배려해 주는 역지사지가 필요한 이유가 여기에 있다.

가끔 차에서 내려 복잡한 시내를 도보로 이동할 때는 자동차와 보행자의 역지사지도 생각하지 않을 수 없다. 한국의 도로 사정과 그 운영은 자동차 위주다. 특히 서울의 광화문이나 종로 같은 도심지를 보면 빠른 자동차의 주행을 위해 횡단보도가 많지 않아 길을 한 번 건너려고 하면 먼 거리를 돌아가야 한다. 그리고 길거리에서는 자동차 위주로 신호가 바뀌고 운영되기 때문에 보행자들은 아무래도 상대적으로 불편하다.

게다가 인도 위에까지 올라와 있는 불법주차 차량들을 보면 짜증이 다 난다. 가뜩이나 자동차 위주로 교통체계가 짜여 불편한데 그나마의 인도까지 차량들에게 빼앗겨 보행자의 권리를 침해당했기 때문이다. 이는 역으로 멀쩡한 차로를 사람들이 점거해 보행할 때 운전자들이 느낀 불편함을 생각하면 쉽게 이해할 수 있다. 자동차를 탈 때는 주행을 방해하는 보행자들이 짜증나고, 보행을 할 때는 보행을 방해하는 자동차에 짜증나는 법이다. 사람은 자신의 입장에 따라 세상을 보는 존재이기 때문이다.

이럴 때 필요한 것이 또한 역지사지의 정신이다. 차를 운전할 때 걷는 사람들이 얼마나 불안하고 불편한지를 생각해야 한다. 그러면 얼마든지 그들을 배려할 수 있으리라. 역으로 보행자도 자신이 자동차에 올라 막히는 길에서 얼마나 힘들고 불편했나를 기억할 수 있어야 한다.

남의 입장을 생각하고 배려하는 정신, 그것이 문화의 최고 정점이라 할 수 있다. 선진국과 후진국의 차이가 바로 남을 얼마나 배려하느냐에 달려 있지 않은가.

지체장애인인 나의 경우도, 장애인용 주차장을 이용할 수밖에 없는데 간혹 비장애인 차량이 그곳을 차지하고 있는 경우를 만난다. 누군가가 장애인의 삶을 배려하지 않은 것이다. 아무리 좋은 자동차를 타고 아무리 좋은 옷을 입었다 할지라도 장애인용 주차장에 차를 대는 파렴치와 교양 없음은 겉으로 드러나는 화려한 모든 요소들을 깎아 먹고도 남는 행위이다.

게다가 장애인 마크가 있다 하더라도 차에서 내리는

사람이 멀쩡한 비장애인인 경우도 있다. 그럴 경우, 휠체어를 타야만 움직이는 내가 목적지에서 멀리 떨어진 곳에 차를 대고 힘겹게 움직여야 하는 아이러니가 발생한다.

자동차에 장애인용 마크를 달고 다니는 사람 정도라면 집이나 주위에 장애인이 있을 것이다. 장애인의 불편함을 누구보다 잘 이해할 수 있는 사람이리라. 그러한 사람들이 정작 다른 장애인들을 배려하지 않는 것을 보면 안타깝다. 자동차 문화의 향상과 발전을 위해서는 또다시 역지사지의 정신이 필요하다는 생각이 든다.

소형차라고 대형차가 억압하지 않고, 보행자나 운전자를 서로 배려하며, 장애인 비장애인이 서로 배려하는 자세. 이러한 역지사지의 정신이 널리 퍼진다면 우리나라의 자동차 문화는 보다 빨리 선진화할 것이고 우리가 사는 이 사회는 좀 더 안전하면서 빠르고, 신속한 자동차 문화가 정착한 곳이 되리라 믿는다.

휠체어 지나갈 때까지 좀 기다려라

내가 보는 선진국과 후진국의 기준은 아주 간단하다. 약자를 얼마나 배려하느냐를 보면 되기 때문이다.

휠체어를 타고 다니는 1급 지체장애인인 내가 가장 스트레스를 받지 않고 마음껏 활개치고 다닐 수 있는 나라는 역시 미국이다. 아무리 작은 식당, 아무리 작은 상가에도 휠체어가 들어가서 충분히 돌고 회전할 수 있는 널찍한 화장실이 준비되어 있다. 땅덩어리가 좀 크긴 해도 혼자 힘으로 얼마든지 원하는 곳을 마음껏 돌아다닐 수 있다.

우리의 시설도 어느 정도 된다고 볼멘소리를 하는 사람이 있을지 모르겠다. 물론 우리의 최근 공공시설들은 현대적인 편의시설을 자랑하고 있다. 거의 불편함 없이 휠체어를 타고 다닐 수 있다.

그럼에도 불구하고 나는 아직 멀었다고 생각한다. 그 것은 마치 최고 사양의 컴퓨터를 장만했지만 그 안에 쓸만한 소프트웨어가 별로 없는 거나 마찬가지다.

소프트웨어라고 함은 사람들의 장애인에 대한 인식과 태도를 뜻한다. 선진국에서 내가 자유로움을 느끼는 것은 외형적인 시설뿐만 아니라 그 시설 안에서 만나게 되는 사람들의 모습이다. 아무리 복잡하고 사람이 많은 마트 같은 곳이라도 휠체어 탄 내가 통로에서 마주치게 되면 그들은 벽에 바짝 붙어 내가 지나갈 때까지 꼼짝도 하지 않는다. 행여 몸놀림이 불편한 장애인이 자신들로 인해서 당황하거나 불편함을 겪을까 봐 최대한 배려하는 것이다. 출입구에서도 내가 나타나면 얼른 문을 붙잡고 열어 준 채로 내가 완전히 통과하기를 기다렸다가 자신의 볼일을 본다. 장애인을 만나면 먼저 비켜 주고 양보해 주니 한마디로 장애인은 거리낌 없이 마음껏 다닐 수 있다.

우리나라의 경우 어떠한가. 사회활동이 많은 나인지라 공공장소를 많이 이용한다. 마트, 극장, 쇼핑몰, 관공서 등등. 그러나 내가 나타났다고 해서 기다려 주거나 지나갈 때까지 서 있는 비장애인은 별로 본 적이 없다. 오히려 나를 앞서 가겠다고 굴러가는 내 휠체어 앞을 휙 가로지르는 사람, 휠체어를 툭툭 치고도 미안해하지 않는 사람, 심지어는 엘리베이터에 간신히 내가 탔는데 그 틈으로 나를 밀고 들어오겠다며 발을 들이미는 사람까지도 있다.

대부분의 장애인은 돌발 상황에서 민첩하게 자신의 몸을 추스르거나 보호할 수 없는 사람이다. 걷다가 갑자기 설 수도 없을 뿐만 아니라 기민하게 상황에 대처할 수는 더더욱 없다. 시각장애인들이 자꾸 지하철역에서 철길로 떨어지는 이유도 그 때문이다. 그렇기에 선진국 시민들은 장애인이 나타나면 그 사람이 당황하거나 자기로 인해 위험이 발생하지 않도록 비키면서 주며 기다려 주는 것이다.

우리는 아직 그 정도의 인식이 없다. 장애인이 불편하든 말든 알 바 아닌 것이다. 너무 바쁘고, 너무 해야 할 일이 많고, 너무 자신의 생각에 빠져 있는 것 같다. 장애인용 주차장에 버젓이 차를 댄 비장애인들은 항의를 받으면 인상이나 쓴다. 이런 수준이어서는 결코 우리가 선진국이 될 수 없다. 인간을 존중하는 인권 선진국은 더더욱 꿈도 꿀 수 없다.

스핑크스의 수수께끼는 이것이다. 아침엔 네 발, 점심엔 두 발, 저녁에 세 발인 것이 무엇이냐고. 누구나 아는 그 수수께끼의 해답은 바로 인간이다. 아기 때는 네 발로 기어다니다 어른이 되면 두 발로 서서 다니고, 결국은 지팡이를 짚은 세 발로 인생을 마감한다.

여기서 지팡이를 짚는다는 건 장애인이라는 의미이다. 인간은 시기의 차이가 있을 뿐 건강하게 태어났다 몸에 병이 들고 사고를 당하는 등으로 불편한 몸이 되어 고통받다 인생을 마감하게 되어 있다.

약자를 보호하는 선진사회라는 것은 결국 자신이 언젠가는 장애인의 신세가 되고 남의 양보를 받아야 되는 그러한 처지가 될 수 있음을 알고 미리 준비하는 사회이다. 지금이라도 늦지 않았다. 당신이 길을 가다 장애인이 힘겹게 걸어가는 것을 본다면 그의 앞길을 치워 주고 그가 지나갈 때까지 기다려 주는 아량을 보여야 한다. 그것이 바로 장애인을 당신과 동등한 존재로 대하는 인격자가 되는 방법이다. 또한 이 사회를 선진사회로 이끌어 가는 지름길이기도 하다.

인간들이 보다 강한 존재가 되려는 건 위기를 만났을 때 이겨 내기 위해서이지 약자를 두들겨 패기 위해서가 아님을 명심하자.

미담이 사라진 시대

　세상에는 언제나 수많은 이야기들이 있다. 인간이 언어를 사용하고 누군가의 이야기를 듣거나 옮기거나 만들어 내면서 이야기는 어마어마한 양으로 늘어났고 무궁무진해졌다. 급기야는 한 문명의 문화 상징이 되기도 했다. 각 민족마다 가지고 있는 신화나 전설, 야담, 민담이 다 그런 것들이다. 그런 이야기는 듣는 사람들의 관심을 끌고 그들의 삶에 깊게 작용해 방향을 바꾸기도 한다. 이야기의 소중함이 증명되는 셈이다.

　인터넷으로 대변되는 요즘 같은 정보통신 사회에서는 이야기의 다양성이 이미 무한대로 증폭되고 말았다. 요즘 세상을 떠도는 각종 이야기들은 방송, 통신망을

타고 무서운 기세로 확대 재생산이 되고 있다. 가히 백
가쟁명百家爭鳴이라 해도 과언이 아니다.

　그러나 이야기의 시대가 되었지만 정작 그 내용을 살
피면 실망스럽기 짝이 없다. 항간에서 들려오는 이야기
는 온통 음모담 아니면 괴담, 아니면 무슨 무슨 설設이
다. 그뿐만이 아니다. 조금 더 나가면 근거 없이 누군가
를 중상하고 모략하고 비방하는 악담에다 허무맹랑한
이야기일 뿐이다. 그런 악담과 괴담과 설에 의해 상처
입은 사람이 자살하는 일도 생기고 있다. 그러다 보니
이야기라는 건 그저 해악만 가득한 잡스러운 것처럼 여
겨진다.

　하지만 이야기들 가운데는 그러한 악담과 괴담만 있
는 것은 아니다. 정말 마음을 훈훈하게 하는 미담도 있
는 법. 경제개발이 이루어지지 않았던 시대에 초등학교
를 다녔던 나는 그 힘들고 가난하던 시절 쉽게 접할 수
있었던 미담이 항상 마음을 훈훈하게 해 주었던 기억이
난다. 가난해서 점심 굶는 아이에게 선생님이 도시락을
준다든가, 등록금을 대신 내준 동네 이웃 아저씨, 버스
를 그냥 태워 준 버스기사, 과자 공장에서 자기도 모르
게 과자를 집어먹었다 고백하면 실직할 친구를 대신해
나서 주는 우정…… 미담이라는 것의 수준은 그저 자기

가 갖고 있는 주머니에 있는 돈 몇 푼, 작은 정성 몇 개를 나눠 주는 그 정도였다.

그때는 미담들을 모은 미담집이라는 책도 있었다. 독서광이었던 나는 그 어떤 동화집이나 그 어떤 만화책보다도 미담책을 즐겨 읽었다. 전쟁고아들을 실어 나른 미군 비행기 조종사의 이야기라든가, 장난치다 실수로 눈멀게 한 동생을 데리고 평생을 함께 떠돈 방랑 소년, 혹은 작은 구멍이 나 있는 둑을 손가락으로 막으며 밤새 추위에 떨었다는 네덜란드의 용감한 아이 등등의 이야기는 지금도 잊히지 않는다. 이러한 미담 속 친구들의 아름다운 희생과 봉사 이야기는 나의 정서 발달이나 훗날 작가로 자라는데 큰 자양분이 되었다. 지금 돌이켜 보면 그 미담이라는 것은 세계 각국의 동화책에 나오는 짤막한 에피소드들을 모아 놓은 것이거나 실제 다큐멘터리로 있었던 이야기들을 재구성한 것이었지만 이상하게 미담집을 열기만 하면 마음이 훈훈해지고 왠지 나도 커서 착한 사람이 되어야 할 것 같다는 생각이 들곤 했다.

하지만 오늘날은 미담이라는 단어조차 잘 쓰이지 않는 시대가 되어 가고 있다. 세상이 그만큼 추하고 악해져서일까. 아니면 미담에는 감동을 받지 못하는 것이 우리들의 빡빡한 현실이기 때문일까. 그럴수록 이 시대의 아픈 정서를 치료할 수 있는 것은 미담인데…….

미담을 다시 살려야 한다. 그리고 우리 주위의 어려운 사람들, 마음 아픈 사람들의 담담하고 따뜻한 이야기를 많이 유포시켜야 한다. 미담 바이러스가 퍼져 곳곳에서 아름다운 이야기가 들려오고, 곳곳에서 서로 사랑하며 배려하는 이야기가 많아진다면 우리 사회는 척박함을 벗어날 수 있을 것이다. 그것이 이야기가 진정 인간에게 기여하는 길이다.

한류 스타 이희아

　희아와 내가 알게 된 건 벌써 10년이 다 되어 간다. 서대문종합복지관의 이청자 관장님이 나를 찾아와 대뜸 선천성 기형으로 손가락이 한 손에 두 개씩, 네 개뿐인 애가 피아노를 잘 친다며 그 아이의 이야기를 글로 써 달라고 부탁을 한 게 계기가 되었다. 게다가 아버지도 군에서 소대장으로 근무하다 대간첩 작전에서 부상을 당한 척수장애인이라고 했다. 손가락 열 개로도 제대로 치기 어려운 피아노를 네 개로 연주한다는 말에 나는 일단 호기심이 크게 일었다.

　그래서 만나 본 희아는 손가락뿐만 아니라 다리도 무릎 아래로 없어 키가 1미터도 채 안 되는 초등학생 소녀였다.

"안녕하세요?"

특유의 애기 같은 목소리로 희아는 활짝 웃으며 내게 인사를 건넸다. 구김 없는 표정과 말투가 장애로 인해 일찍 철든 가식은 아닐까 잠시 생각했던 나는 이내 희아의 그 밝음은 타고난 낙천적 천성임을 깨달았다. 게다가 희아의 피아노 연주는 눈을 감고 들으면 손가락 네 개로 친다고 여겨지지 않게 완벽했다. 그러니 일반 피아노 대회에 나가 비장애 아동들과 경쟁해 당당히 입상을 하곤 했던 것이다.

희아의 이야기를 취재해 작은 소책자로 낸 것이 바로 『네 손가락의 즉흥환상곡』(재활재단). 비매품인 이 책을 각 초등학교에 100권씩 보내 토요일의 특별활동 시간에 한 학급 아이들이 전부 읽고 토론을 하거나 독후감을 쓰게 하면 장애에 대한 인식 개선에 도움이 될 거라는 것이 이청자 관장의 생각이었다.

그러나 사람이 하는 일은 자주 엉뚱한 방향으로 흘러가게 마련이었다. 예상치 못하게 이 책이 비매품임에도 불구하고 폭발적인 반향을 불러일으킨 거였다. 독후감 대회를 열었더니 2천 편이 넘는 독후감이 전국의 초등학교에서 날아와 심사하는 데에만 몇 주일이 걸릴 지경이 되었다.

희아도 언론의 조명을 받는, 스타 아닌 스타가 되어 각

방송사와 신문사 기자들이 희아네 재활용사촌 연립 아파트의 문턱이 닳도록 드나드는 것이었다. KBS 9시 뉴스에 소개가 되었으니 전국에서 희아를 모르는 사람이 없을 지경이었다. 쏟아져 들어오는 연주 요청에 희아는 즐거운 비명을 질렀고, 그 뒤 미국이며 캐나다, 호주 등등의 나라에까지 희아는 연주를 하러 다니곤 했다.

그러나 세간의 관심은 그리 오래 가지 않았다. 얼마 후 희아는 사람들의 시야에서 멀어져 갔고 조금씩 잊혀졌다. 가끔 나에게 그 책을 구할 수 없겠냐는 연락이 올 때마다 여분이 없어 안타까울 뿐이었다.

그러다 나는 희아 아버님이 몇 년 전에 병으로 돌아가시고 희아네 집안 형편이 어렵다는 사실을 알게 되었다. 글쟁이인 내가 도울 수 있는 방법은 그저 희아가 사람들의 기억에서 잊혀지지 않게 해 주는 것뿐이었으니 스스로 생각해도 알량했지만 발 벗고 나설 수밖에 없었다.

그래서 비매품이었던 책을 예쁜 삽화와 세련된 편집을 거쳐 『네 손가락의 피아니스트』(대교)라는 제목의 동화와 만화로 동시 발간한 것이다. 뿐만 아니라 하루도 빼놓지 않고 써 온 희아의 일기도 『네 손가락의 피아니스트 희아의 일기』(파랑새)라는 제목으로 펴냈다. 일이 되려니까 희아 관련 책이 원소스 멀티 유즈의 방식에 따라 만화까지 포함해 한꺼번에 5권이 이 세상에 나온 것이다. 물론 수익금의 일부는 희아의 몫으로 돌아가게 되어 있었다.

책의 수익은 사실 미미한 거였지만 그 파급효과는 엄청났다. 그동안 한층 진일보한 희아의 연주 실력은 사람들을 더 크게 감동시켰다. 키는 그대로지만 마음은 훌쩍 커서 사춘기 고등학생이 된 희아에게 이 세상 사람들은 변함없는 사랑을 전해 주었다. 희아는 다시 정신없는 스타의 길을 걷기 시작했다.

그런 와중에 나는 모 출판사가 시내 대형서점에서 여는 희아의 연주회에 초대되어 간 적이 있었다. 늘 희아의 뒤를 그림자처럼 따라다니는 어머니는 흰 장갑을 낀 손으로 무거운 스패너를 들고 페달장치를 연결하셨다. 희아는 짧은 다리 때문에 특수한 페달장치를 밟아야 하기 때문이다.

이윽고 연주가 시작되자 어머니는 관객들이 보지 못하는 피아노 뒤에 그림처럼 앉아 계셨다. 희아는 열정적으로 연주에 몰두했지만 그때 나는 보고야 말았다. 연주 내내 이어지는 어머니의 간절한 기도를…… 그 가슴에서 흐르는 뜨거운 눈물을…… 오늘날의 희아가 있기까지 어머니가 얼마나 큰 희생과 사랑으로 살아왔는지에 대해서는 두말할 필요가 없다. 딸을 아름답게 하기 위해 무거운 등불을 높이 드는 그 삶은 바로 위대한 사랑이었으니까.

희아 어머니는 처녀 적에 보훈병원 간호사였다. 그러다가 부상당해 입원한 희아 아빠를 만나 연애를 하고 정상적인 부부생활이 불가능하다는 걸 알면서도 사랑과 신앙만으로 결혼을 했다.

임신에 대해 꿈도 꾸지 않던 시절, 심한 감기로 약을 장기 복용했는데 그때 하필 기적적으로 임신이 된 거였다. 정말 드문 일이었지만 의사의 말은 아기가 기형아일 확률이 너무 크다는 거였다. 그래도 어머니가 낳아서 기르겠다는 결심을 한 것은 십자가를 지겠다는 각오였으리라. 출산 후 결과는 예상한 대로였지만 어머니는 한 번도 자신의 십자가인 이 딸을 거부하거나 슬퍼한 적이 없다고 한다. 하느님의 선물이었기 때문에…….

그런 희아가 지금은 세계 곳곳을 연주 여행 다니는 스타가 되었다. 또 다른 한류를 만들고 있다. 희아의 뒤에는 어머니의 사랑과 희생, 뿐만 아니라 장애인도 뭐든 할 수 있다는 편견 없는 생각이 자리 잡고 있는 것이다.

물론 나도 기쁘다. 그런 희아를 위해 약간 거들었기 때문에…….

장자처럼 살다 간 시인 이영유 형을 그리며

제법 초여름의 날씨가 등골에 땀을 흐르게 합니다.

형이 계신 그곳은 덥지도 춥지도 않겠지요? 좋으시겠습니다. 이제 영원히 시 쓰느라 춥고 배고팠던 기억 다시 되살리지 않아도 되니 말입니다.

어느덧 형이 이승을 버리고 떠난 지도 반년이 되어 갑니다. 어쩌다 한 번 고개 들어 하늘을 보듯 형 생각이 납니다.

이 땅에서 시인으로 살아간다는 것이 얼마나 황량한 일인지 형을 보면 압니다. 그럼에도 불구하고 주변과 이웃에게 찡그린 얼굴 한번 보이지 않은 형은 그야말로

참 시인이었습니다

 인간의 본능 가운데 가장 큰 게 생명의 본능인데 형은 그러한 본능조차 시인의 마음으로 초극했지요. 병원에서 이런저런 실험적 치료법을 제안했을 때 형은 몰모트가 되기 싫다며 과감히 병원을 나왔습니다.

 겉으론 체력이 안 되어 항암 치료를 받지 못한다지만 어찌 제가 모르겠습니까? 그나마 있는 가난한 살림살이 거덜 내기 싫어 자신을 버리는 살신성인의 마음이라는 걸…… 남겨진 사람들에게 죽는 날까지 폐를 끼치기 싫은 그 마음.

 그 후 이 후배가 어찌 지내냐고 전화 걸었을 때 형은 여러 가지 민간요법을 예로 들었습니다. 기도를 하러 들어간다거나, 이것저것 몸에 좋은 걸 먹거나, 공기 좋은 곳에 가거나 하는 방법이 있다고 하는데 어째 저에게는 그 모든 방법들이 형이 하고자 하는 방법이 아닌 것 같았습니다.

 아니나 다를까 형은 나머지 한 방법이 있다며 이도 저도 다 하지 않는 거라고 했지요. 그 말에서 이미 무위無爲도 또 하나의 위爲임을 그것도 아주 적극적인 위爲임을 형은 간파하고 있음을 저는 알았습니다. 이미 형은 그때 인간의 삶에 대한 구질구질한 집착과 본능으로부터 멀리 떨어져 있었던 겁니다.

이미 죽음을 받아들인 형에게 제가 무슨 할 말이 있겠습니까? 장자의 모습이 오버랩되는 걸 어찌 막겠습니까?

아마 장자가 그랬다지요? 죽음이 임박해 장례식을 성대히 치르려고 의논하는 제자들에게.

"나는 천지로 관棺을 삼고 일월日月로 연벽連璧을, 성신星辰으로 구슬을 삼으며 만물이 조상객弔喪客이니 모든 것이 다 구비되었다. 나를 그냥 들판에 버려라. 나를 묻는 건 까마귀와 솔개의 밥을 빼앗아 땅속의 벌레와 개미에게 주는 것이니 공평하지 않다."

형도 그걸 흉내 낸 건지 스스로 터득한 건지 나의 질문, 그럼에도 불구하고 모든 사람이 반드시 가야 하는 길을 가게 되면 그 뒤 처리는 어떻게 하느냐는 물음에 형은 대답했지요. 태워서 이 산하에 뿌려 버릴 거라고. 중국의 등소평은 아니지만 형 역시도 영혼이 떠난 육체라는 것이 얼마나 공허한 것인가를 알고 있었습니다.

어리석은 제가 그래도 위로랍시고 나중에 아들딸이 아빠 보고 싶으면 어디로 가느냐고 묻자 형은 마지막으로 허허로운 말을 남겼습니다. 그러면 내 시집 보라고 그러지 뭐.

그렇습니다. 시인은 죽어도 죽는 것이 아닙니다. 영혼의 정수를 짜내 쓴 시집이 이 세상에 남아 있는데 왜 죽은 것이겠습니까? 시집 책장만 넘기면 바로 시인 삶의 고뇌와 말과 생각이 튀어나와 아우성을 치는데 어찌 죽은 것이겠습니까. 인간의 삶이 육체 아닌 정신임에야…….

이영유 형, 그래도 그립습니다. 어리석은 인간인지라 살아 움직이는 육체의 모습이 그립습니다. 저의 가평 시골집에 왔다 대낮에 마신 막걸리에 취해 방 안에 누워 오수를 즐기고는 깨어나 여기가 어딘가 했다는 그 천진한 미소가 그립습니다.

제 집필실에 와서 밀린 원고 쓰느라 모니터 앞에서 허덕대는 절 보고 낡은 샌들 신은 발로 조용히 돌아가면서 글 너무 열심히 쓴다는 그 말이 귓가에 쟁쟁합니다.

장자는 평생을 개인의 안락함이나 대중의 존경 따위에는 전혀 신경 쓰지 않은, 예측불허의 괴팍한 성인이었습니다. 그의 의복은 거칠고 남루했으며 신발은 떨어져 나가지 않게 끈으로 발에 묶어 놓았다고 합니다. 그러나 그는 자신이 비천하거나 가난하다고 생각하지 않았지요. 형이 그랬습니다.

그런데 이제 형은 갔습니다. 저는 여기에 장자의 한마디를 흉내 낼 재주밖에 없습니다. 아내가 먼저 죽었는데도 돗자리에 앉아 대야를 두드리며 노래를 부르다가 한 말 한마디.

"생각해 보니 아내에게는 애당초 생명도 형체도 기氣도 없었다. 유有와 무無의 사이에서 기가 생겨났고, 기가 변형되어 형체가 되었으며, 형체가 다시 생명으로 모양을 바꾸었다. 이제 삶이 변하여 죽음이 되었으니 이는 춘하추동의 4계절이 순환하는 것과 다를 바 없다. 아내는 지금 우주 안에 잠들어 있다. 내가 슬퍼하고 운다는 것은 자연의 이치를 모른다는 것과 같다. 그래서 나는 슬퍼하기를 멈췄다."

저도 더 이상 형의 죽음을 슬퍼하지 않기로 했습니다. 결국은 우리 모두 인간이면 반드시 가야 할 길을 가서 조만간 볼 텐데요 뭘.

이 세상을 좀 더 좋은 곳으로

내가 본격적으로 동화를 쓰기 시작한 지 벌써 10여 년이 넘어간다. 1992년 문화일보에 소설로 등단하고 몇 권의 소설책과 창작집도 발표했지만 요즘은 동화작가로 더욱 많이 소개되고 있다. 소설에 대한 구상과 집필은 계속 이어 가지만 동화가 나의 창작 세계에서 많은 부분을 차지하고 있는 것도 또한 부인할 수 없는 사실이다.

애초부터 내가 동화작가를 꿈꾸었던 것은 아니다. 하지만 사필귀정事必歸正이라는 말이 있듯이 나는 동화를 써야 할 운명을 어느 정도 타고난 것이 아니었나 하는 생각이 든다. 대학에 들어와 처음으로 문학이라는 것을 알게 되고 작가가 되어야겠다는 꿈을 꾸기 시작한 것이 1981년이다. 알려진 대로 의대를 진학하려다 장애로 인해 좌절하고 국문학과에 오게 된 나는 대학 시절 1년을 방황으로 보냈다. 2학년이 되면서부터 나는 국문학을 나의 인생을 걸 숙명으로 받아들였다. 그 후 지리하고도 오랜 습작 기간이 이어졌다. 동시에 대학원에 진학해 문학의 이론과 실기, 양면에 걸친 공부가 계속 되었다. 물론 중간 중간 여러 번 신춘문예라든가 문예지에 투고를 했지만, 그 결과가 참패로 끝나는 일도 많았다. 가끔은 당선 직전까지 갔어도 등단의 문은 쉽게 열리지 않았고 오히려 대학에서 강의를 하면서 학생들에게 작문을 가르쳤던 업적들이 책으로 발간되기도 했다.

1990년의 『글힘돋움』이라든가 『살려쓸 우리말 4500』 같은 글쓰기 관련 책들이 먼저 시중에 나와 독자들의 사랑을 받고 있을 무렵 나는 어린 시절의 일을 경험으로 삼은 작품 하나를 구상하게 되었다. 내가 자랐던 동네에서 있었던 실화에 상당 부분 바탕을 둔 이야기였다. 오랜 시간에 걸쳐 초고를 완성했고 그것을 아는 평론가 선배에게 전해 주게 되었는데 그 선배는 작품에 대해서 이렇다 저렇다 말이 없더니 어느 날 갑자기 W 출판사에서 출간을 하겠노라고 연락이 오게 되었다. 소년소설 같은 내용이라며 동화로 개작을 해서 발간을 하고 싶다는 거였다. 그것도 나쁘지 않겠다는 생각에 작품을 손보기 시작했는데 지금은 어떤지 모르겠지만 그때만 해도 W출판사는 영업부의 의견을 존중해서 작품의 내용까지도 규정하는 특성을 가지고 있었다. 이내한 권 분량의 원고를 두 권으로 나눠 달라는 주문이 있어 나는 몇 개월간 끙끙대며 상하 두 권이 될 수 있도록 구성을 고쳤다. 그러자 또 한참 뒤 그들은 상하로 해서는 상권밖에 팔리지 않을 것 같다며 다시 정리해서 한 권으로 합쳐 달라는 거다. 아직 등단도 하지 않은 초짜 작가인 나는 그들이 원하는 대로 다시 고쳐 주었다.

마침내 몇 번의 힘든 수정 과정을 거쳐 작품은 그 해 책으로 나왔고, 그 무렵 나는 박사 논문 심사에 논문이 통과되어 학문의 길에서 한 매듭을 짓게 되었다. 좋은 일은 함께 온다고 했던가. 그해 연말 문화일보 신춘문예에 나의 단편소설 〈선험〉까지 당선되는 바람에 나는 책도 출간하고, 박사학위도 받고, 작가도 되는 경사를 한꺼번에 맛볼 수 있었다.

그 후 동화에 대한 관심은 이어지지 못했고, 나는 다양한 작업들을 통해서 전업 작가로의 길을 걸었다. 그러던 가운데 1997년으로 기억한다. J출판사에서 시중에 나와 있는 수많은 동화 작품들 가운데서 옥석을 골라 편저를 만들고 싶다는 제안을 해 왔다. 정말 아이들이 읽었을 때 도움이 되고 감동적일 작품만을 추려서 학년별로 권장 동화모음을 만들겠다는 거였다. 저작권 문제는 출판사가 해결하고 나는 좋은 작품만 골라내면 되는 일이었다.

하지만 시중에 나와 있는 동화책을 전부 읽는다는 게 어디 보통 일인가. 나는 망설이지 않을 수 없었다. 그러자 출판사에서는 자신들이 원하는 책은 다 구해 올 테니 읽는 일만 하라는 거였다. 좋은 작품을 골라 어린이들에게 읽히는 것도 문학을 전공한 나의 사명가운데 하나라는 생각에 나는 흔쾌히 그들의 제안을 받아들였다.

얼마 후 내 비좁은 작업실로 출판사 직원들은 책을 날라 들여오기 시작했는데 그것은 한 트럭 가까운 엄청난 분량이었다. 출판사끼리 책을 구하는 일은 아무래도 개인이 구하는 일보다는 쉬웠으리라. 결국 내 비좁은 작업실은 천장까지 책들이 가득 들어차다 못해 바닥에 깔아야 할 지경이었다. 정해 놓은 기한은 1년. 1년 동안 그 책들을 다 읽고 좋은 것들을 골라 달라는 것이 그들의 주문이었다.

그 후 나는 그 많은 시중의 동화책들을 싸움을 하듯

읽어야 했다. 하루에 열 권을 읽은 적도 있었고 다섯 권을 읽은 적도 있었다. 그나마 동화이기에 내용을 깊게 파고들며 읽을 만큼 난해하지 않아 다행이었다. 밥 먹으면서도 읽고, 녹차를 마시면서도 읽었다. 다른 작업을 하다가도 머리를 식힐 겸 읽었고, 집에 가져다가 잠자는 머리맡에 두고 읽기도 했다.

그렇게 읽은 책들 가운데서 몇 백 권은 다시 출판사로 돌려보내는 일들이 반복되었다. 간혹 좋은 작품이 얻어걸리면 그 작품은 표시를 해서 빼놓는 단조로운 일이었지만 읽는 동안은 무척 즐거웠다. 동심의 세계로 돌아갈 수 있었기 때문이다.

마침내 1년 만에 나는 2,000여 권 가까운 대표적인 동화책을 읽어 내는 일을 해내고 말았다. 우리나라 창작동화의 현주소를 알게 된 거였다. 출판사에게 그 모든 책들을 돌려보내고 나니 나의 작업실은 휑하니 쾌적해졌지만 내 머릿속에는 몇 가지 새로운 생각이 자리 잡았다. 그 생각들은 지금도 나의 작품에 지침이 된다.

그리하여 나오게 된 것이 다 아는 작품 『아주 특별한 우리 형』이었다. 그 후 나의 장애를 다루는 창작 활동은 이어졌다. 다행스럽게도 장애인계에서 활동하고 있던 나였던지라 모델은 주변에서 쉽게 찾을 수 있었다. 그 친구들을 중심으로 이야기를 꾸미고 글을 써 나가기 시작하면서 나는 이 작품을 우리 어린이들이 읽고 분명히 장애인에 대해서 새로운 시각을 가지리라는 확신이 섰다.

장애인계의 몇몇 사람들이 그때 말했다. 장애인의 칙칙한 이야기를 어린이들이 읽겠느냐고. 그러나 나의 생각은 달랐다. 동화야말로 장애의 문제를 가장 정확하게 제대로 표현해 낼 수 있는 장르라고 믿었다. 고난과 역경이 있고 그 어려움을 이겨 내 승리를 얻어 내는 감동 그것은 바로 창작동화의 영역이었기 때문이다.

발간되고 나서 주인공 종식이가 너무 완벽한 인물로 그려졌다는 지적이 있었지만 내 생각은 다르다. 어차피 이야기라면 누군가 특별하고 뛰어나고 훌륭한 능력을 가진 사람의 것이어야 독자들이 좋아하기 때문이다. 나와 다를 바 없는 사람의 평범한 이야기라면 누가 읽겠는가.

두 번째로는 편집자의 역할을 전적으로 존중해야 한다는 거다. 간혹 편집자들이 나에게 의견을 제시할 때 두려워하며 조심스럽게 말하는 경우가 있는데 나는 그런 그들의 조심스러움을 제거해 준다. 하고 싶은 말 있으면 기탄없이 하고 지적할 곳이 있으면 날카롭게 지적해 달라는 거다. 그래서 내 작품을 다루는 편집자들은 내 원고에 시뻘겋게 교정과 교열 사항을 지적해서 돌려보낸다. 나는 군말 없이 그들이 지적한 내용을 받아들여 원고를 고치고 검토하며 고민한다.

원고라는 것이 무엇인가. 나의 권위가 곧 원고는 아니다. 원고는 독자들에게 다가가기 위해 작가가 정성껏 준비하는 하나의 작은 선물일 뿐이다. 그 선물을 좀 더 예쁘고 감동적이고 아름답게 포장하고 가꾸는 일은 작가인 나와 편집자와 출판사, 다 같이 고민해야 할 부분이다. 그러한 어려운 과정을 거쳐서 좋은 작품이 되면 결국 그 작품은 내가 쓴 것이 된다. 그렇기에 스티븐 킹 같은 뛰어난 베스트셀러 작가도 다음과 같이 이야기했다.

"창작은 인간의 영역이지만 편집은 신의 영역이다."

A출판사에서 실패했던 작품을 B출판사에서 새롭게 편집해서 빛을 보는 경우를 우리는 많이 보지 않는가. 편집자들의 눈, 그것은 바로 독자의 눈임을 염두에 두어야 할 것이다.

그리고 세 번째로 이야기하고 싶은 것은 어린이들에게 읽혀야 하는 책은 어린이들의 언어와 지적 수준에 맞춰야 한다는 점이다. 나에게는 요즘도 매일 여러 권의 책들이 여러 출판사에서 배달되어 온다. 가장 먼저 그러한 책들을 검토할 때 보는 기준은 과연 정확한 어린이들의 언어로 올바른 문법과 어법에 맞추어 쓰여졌는가 하는 것이다. 초등학교 저학년, 중학년용을 대상으로 하는 책에 어려운 한자 용어가 그대로 드러난다거나 개선해서 쉬운 말로 쓰려는 노력이 보이지 않는 작품, 그러한 작품을 나는 어린이 독자들을 위해서 쓰는 책이라고 인정하지 않는다.

아동문학은 특수한 독자층을 상대로 한 글이다. 그리고 어린이들에게 독서 습관을 길러 주고 그럼으로써 그 어린이들이 올바른 사회인으로 성장할 수 있도록 이끌어 주는 나침반 역할을 해야 한다. 어렵고 딱딱한 문체와 불친절한 설명과 표현으로 점철된 글로 어찌 어린 독자들을 창작동화의 세계에 끌어들일 수 있단 말인가.

끝으로는 작품이 강력한 흡인력으로 독자들을 빨아들일 수 있어야 한다는 거다. 한마디로 재미가 있어야 한다. 비디오나 영화 텔레비전 게임은 상상을 초월하게 재미있다. 그러한 다른 매체들에게 어린이 독자들을 빼앗기면서 작가들은 출판의 위기를 논한다. 그러나 과연 그러한 장르들과 경쟁할 수 있을 만큼 강력한 재미를 주는 작품이 얼마나 있었던가. 창작동화를 쓰는 사람들이 필히 염두에 두어야 할 부분이라 생각한다.

나 역시도 그렇기에 늘 쓰는 작품들을 어린 독자들에게 읽혀 보며 지적 사항을 고쳐 조금이라도 나은 작품이 되도록 노력하지만 인간 삶에 완성이 어찌 있을 것인가. 장애 유형별로 다 써 보겠다는 포부도 아직 반의반도 이루지 못했는데 장애인 주변 사람들의 고통과 번민까지도 눈에 들어와서 최근의 작품들은 그러한 경향을 드러내고 있다. 장애인을 친구로 둔 아이, 장애인을 자녀로 둔 아빠 엄마, 혹은 장애인 아빠 엄마를 부모로 둔 자녀의 이야기. 내가 파고들고 내가 평생을 바쳐 다루고자 하는 장애인 문제는 이처럼 크고도 광범위하다.

　다행인 것은 많은 동료 작가들이 이런 장애인 영역에 관심을 두고 작품들을 써 주고 있기 때문에 고맙게 생각하고 있다. 다만 당부하고 싶은 것은 장애인의 문제만큼 민감하고 조심스러운 소재는 없다는 것이다. 혹여 작품을 다루거나 쓰게 된다면 꼭 관련 당사자들, 특수교육 교사라든가 장애인 본인 혹은 관계자들에게 잘못 쓰여진 부분이나 편견과 차별로 잘못 표현된 부분은 없는지 꼭 확인해 주기 바란다. 말 한마디 표현 하나로도 상처 입고 좌절하는 것이 이 땅의 소수자인 장애인들이기 때문이다. 진정으로 장애인을 배려하고 그들을 사랑하는 마음을 담고 있는 작가라면 그 정도 수고는 아끼지 않아야 할 거라고 생각한다.

　더욱 많은 장애인 문제에 동참하는 작가들이 나와서 먼 훗날 나와 동료 작가들의 작품을 읽은 어린이들이 커서 만드는 세상에서는 장애인에 대한 차별과 편견과 멸시 천대가 없어지기 바란다. 그 세상에 나는 있지 못하겠지만 그래도 누군가는 기억할 것이다. 한 장애인 작가가 있어서 자신의 이야기를 있는 그대로 다루고 어린 친구들에게 이야기해 줌으로써 그 어린이들이 커서 이 세상을 조금 더 좋은 곳으로 만들었다고. 그러한 소리를 들을 수 있다면 오늘도 밤늦은 시간까지 글밭을 파고 있는 이 소출 적은 농사를 짓는 농부인 나로서는 더 이상 바랄 것이 없겠다.

주차 위반 단속 공무원을 장애인으로 채용하자

장애인의 삶 가운데 가장 큰 불편함이 이동이다. 승용차를 직접 운전하면서부터 이동의 문제는 상당 부분 해결되었다. 그렇지만 이 승용차를 장애인용 주차장에 주차하는 문제는 결코 쉽지가 않다. 아직도 비장애인들이 장애인 주차 구역에 버젓이 주차하는 경우가 있기 때문이다. 외국인들이 보면 정말 국민들의 민도를 짐작케 하는 추태가 아닐 수 없다. 오죽하면 장애인용 주차장에 주차된 자동차의 엠블렘이 부끄러워 얼굴을 가리는 공익광고까지 나왔겠는가.

장애인 편의증진법 27조 2항과 3항에 의하면 비장애

인 차량이 주차해 적발될 경우 10만원의 과태료가 부과되도록 되어 있다. 굉장히 많은 범칙금 액수이다. 그만치 죄질이 나쁜 것이다.

그렇지만 실제 단속이 이루어지는 것은 거의 보지 못했다. 그러니 여전히 장애인용 주차 공간에 비장애인이 주차하고, 장애인 차량은 불편을 겪어야 한다. 한마디로 있으나마나 한 조항이 되고 만 것이다.

속사정을 들어 보니 이를 공무원이 단속한다고 해도 마찰이 발생하며 그 단속과 범칙금 부과까지의 과정이 아주 복잡하다고 한다. 사진을 찍고 사무실에 들어와 차주 성명과 주소를 조회한 뒤 중앙 컴퓨터에 단속 사실을 기록하고 고지서까지 발부해야 하는 복잡 업무란다. 어느 구청은 100여 가지가 넘는 장애인 관련 업무를 단 6명이 행하고 있다니 주차 위반 단속 같은 힘든 업무는 소극적일 수밖에 없다. 불법 주차 행위 근절 인력 충원이 절실한 것이다.

나는 여기에 장애인 당사자를 그 인력으로 충원할 것을 제안한다. 현재도 일부 장애인 단체가 계도 차원에서 이런 일을 한다고 하지만 단속권이 없어 실제적인 효과가 부족한 것으로 알고 있다. 차제에 장애인을 단속 전담 공무원으로 채용하면 어떨까? 이는 인구의

10%인 장애인들에게 고용의 기회를 주는 것이기도 하다. 인지 능력에 별 문제가 없는 장애인들을 고용한다면 그들에게 일자리를 제공할 뿐 아니라, 이 사회 구성원으로서 자신의 능력으로 살아갈 수 있다는 자신감도 심어줄 수 있으니 일석이조다. 또한 장애인 당사자가 단속을 하는 것이기에 계도 및 시정 효과도 크다. 어느 누가 장애인이 직접 와서 불법 주정차를 단속하는데 잘했다고 우길 것인가.

이러면 각 지자체는 예산 부족을 이유로 들지 모르겠다. 하지만 내 생각에는 부과되어 걷히는 범칙금의 일부만 인건비로 배정해도 추가예산 없이 전국 3,500여 읍, 면, 동에 수명씩의 장애인들을 고용할 수 있다. 하루에 한 건만 불법 주정차를 단속해도 그들의 인건비는 충분히 만들 수 있다. 있는 예산을 떼어 내는 것이 아니라 범칙금 부과로 인해 생긴 재원을 그 비용으로 쓰는 것이다. 물론 법의 개정이라든가 부수적인 절차나 규정의 손질이 필요할 것이지만 사회정의를 실현하고, 장애인에게 일자리도 창출하는 일거양득의 기회이니 시도해 볼 만한 일이라 하겠다.

게다가 장애인도 얼마든지 자신의 일에 충실한 모습을 보여 줌으로써 자라나는 새싹들에게 장애인에 대한 긍정적인 인식을 심어 줄 수 있다.

가장 멋진 아이디어는 항상 내 주변에 있기 마련이다. 내가 불편한 점, 내가 불리한 점에서 나온 아이디어야 말로 세상을 바꾸는 아이디어가 될 수 있다.

장애를 가진 동료들이 도로를 누비며 불법 주, 정차를 단속하고 이 세상을 좀 더 공정한 곳, 약자를 배려하는 곳으로 만드는 장면을 빨리 봤으면 좋겠다.

이 세상에서 가장 고귀한 개, 안내견

내가 『안내견 탄실이』를 쓰게 된 것은 1999년에 발간한 첫 동화책인 『아주 특별한 우리 형』이 독자들의 사랑을 크게 받은 때문이었다. 대교출판사의 편집자였던 조주영 씨는 어느 날 나에게 두 번째 작품으로 안내견의 이야기를 쓰자고 했다. 그 당시에는 안내견에 대한 인식이 지금 같지 않아, 나조차도 안내견이란 말을 몰랐다. 맹인을 이끈다고 해서 '맹도견'이라는 말을 썼는데 그건 일본식 용어였다. 우리말로는 '안내견'으로 부른다는 사실을 알게 된 나는, 나의 무지함을 다시금 깨달았다. 나는 휠체어를 타고 다니는 1급 지체장애인이지만 다른 장애의 유형에서 본다면 비장애인이나 마찬가지다. 그러니 잘 모를 수밖에.

사람을 위해 희생하고 봉사하는 안내견, 그 말만 들어도 멋진 작품이 나올 수 있을 것 같았다. 출판사와 함께 오랜 협의를 거친 뒤 우리는 '안내견'을 소재로 한 동화를 감동적으로 써서 시각장애인과 안내견의 아름다운 우정을 이 세상에 널리 소개하기로 했다.

작품을 쓰려면 대개 그렇지만 가장 중요한 것은 일단 안내견에 대한 지식을 모으는 것이었다. 알아보니 우리나라에서 안내견을 육성하는 곳은 오로지 삼성의 안내견학교뿐이었다. 당연히 우리는 협조를 요청했고 안내견학교에서는 흔쾌히 우리의 요청을 받아들였다.

의외로 안내견학교는 어린이들이 좋아하는 용인의 에버랜드 안에 있었다. 골짜기에 자리를 잡고 있어서 언뜻 지나다 보면 그곳이 안내견학교인지 알지 못할 정도였다. 비가 주룩주룩 내리는 날 나와 편집자는 차를 타고 서울을 출발했다. 용인의 잘 가꿔진 숲길을 운전해 가는 기분은 상쾌했다. 이윽고 눈앞에 나타나는 안내견학교는 마치 아름다운 전원주택과 같았다. 운동장이 있었고, 야무지게 지은 단층 건물이 중앙에 자리를 잡았다.

들어가 본 내부 시설은 정말 깜짝 놀랄 정도였다. 개

가 머무는 공간이 웬만한 사람들의 집보다 더 깔끔했으니까. 마치 개들의 호텔 같았다. 일반 가정집의 거실처럼 꾸며진 사육장은 안내견들이 사람 사는 곳에 익숙해야 하기 때문에 그렇게 만든 거라고 했다. 독방을 쓰는 안내견들은 넓은 운동장과 연결된 문을 통해 얼마든지 나가 뛰어놀 수 있게 되어 있었다. 순하게 생긴 얼굴과 커다란 덩치는 보는 사람으로 하여금 즐거움과 편안함을 주었다.

궁금한 것들을 마구 물어보기 시작하자 역시 좋은 일을 하는 사람들답게 선한 얼굴을 한 직원들이 친절히 대답해 주었다.

개들은 어릴 때 훈련을 시켜야 한다고 지금까지 나는 생각했었다. 하지만 사실은 달랐다. 안내견은 훈련받기전 1년 동안 우선 사람들과 친숙하게 지내는 과정을 거친다고 했다. 그것이 바로 '파피 워킹'이다. 파피 워킹을 신청한 사람들을 심사해서 안내견을 무료로 나눠 주어 1년간 가정에서 키우게 한다. 성견이 된 뒤 1년이 지나면 학교로 돌아와 훈련을 받으며 안내견에 적합한지를 판정받는다. 작품에서 탄실이가 파피 워킹을 하던 가정에서 헤어져 안내견학교로 오는 아픔이 바로 『안내견 탄실이』의 서두를 장식한다. 이때 등장하는 은비 은솔

이는 사실 우리집 딸들의 이름을 그대로 쓴 거였다.

안내견학교에서 돌아온 뒤 실제로 안내견과 함께 생활하는 대학생을 만나 이야기를 나누기도 했다. 내 차에 올라탄 안내견은 잔뜩 털을 남기고 떠났다. 안내견은 털 빠지는 개였다. 그 털을 잘 관리하는 건 전적으로 시각장애인의 몫이었다. 자기와 함께 지내는 안내견을 정성으로 관리할 능력이 있어야 안내견을 분양받을 수 있다는 걸 그때 처음 알았다.

작품을 쓰기 시작하면서 개들의 생각과 말을 어떻게 표현할까에 초점을 맞추어 고민을 했다. 오랜 궁리 끝에, 동화라는 강점을 충분히 이용해야 함을 깨달았다. 즉, 개들끼리 대화를 나눌 수 있게 한 것이다. 하지만 사람은 그 대화를 알 수 없도록 했다.

개들이 대화를 나눌 수 있게 되자 이야기를 더욱 흥미진진하게 전개할 수 있었다. 친구인 대항견 새미도 등장하고, 은퇴한 안내견 평강 할아버지도 있어서 탄실이의 시행착오나 잘못을 바로잡아 주는 역할을 하게 했다. 그러면서 이야기는 서사적으로 꾸며져, 개가 겪을 수 있는 다양한 사건과 사고를 요소요소에 가미했다. 개장수에게 잡혀가는 대목이나, 앞을 보지 못하게 된 주인공 예나가 구덩이에 빠지는 장면 등이 그런 것들이다.

사회적인 부분도 고려했다. 『아주 특별한 우리 형』에서 장애인용 주차장에 차를 댄 비장애인과 싸우는 장면이 나오듯, 이곳에서도 안내견을 거부하는 음식점을 보기로 들었다. 장애인 복지법 36조 4항에 의하면, 누구든지 정당한 이유가 없는 한 안내견이 들어오는 것을 거부할 수 없게 되어 있다. 그런데도 실제 현실에서는 이를 모르는 사람들이 많다. 그래서 개가 들어온다고 거부하는 장면을 통해 장애에 대한 잘못된 인식을 개선하는 효과를 넣으려고 했다.

뿐만 아니라, 안내견은 쓰다듬어 주어서도 안 되고, 음식을 먹여 버릇을 잘못 들이면 더더욱 안 된다는 사실도 알게 되었다. 이 모든 것이 놀랍고 신기한 사실이지만, 시각장애인 한 사람을 위해 안내견이 얼마나 많은 것을 참고 견뎌 내야 하는지를 깨닫게 해 주었다.

작품은 그러면서 또 우리의 시대상을 반영했다. 아버지가 사업에 실패하면서 갑자기 가난해지는 예나의 집이 그 예다. 당시 우리나라에는 IMF의 고통이 남아 있을 때였다. 가난해져서 탄실이와 헤어질 수밖에 없는 위기를 마라톤을 통해 예나는 극복해 내는데, 이 부분을 클라이맥스에 넣었다. 감동을 자아내기 위한 코드였다.

이 작품의 주제는 결국 '시각장애인도 우리와 같은

사람이고, 그들도 앞을 볼 수 있다' 라는 것으로 귀결이 된다. 시각장애인이 앞을 볼 수 있는 눈은 바로 마음의 눈이다. 마음의 눈이 있기 때문에 우리들은 사랑을 느끼고 편견을 극복할 수 있다. 다음은 마음의 눈에 대한 『안내견 탄실이』의 일부이다.

"탄실아, 그 사람들은 네가 개로만 보일 뿐이야. 만일 마음의 눈이 있는 사람이었다면 너와 함께 갈 시각장애인을 보았을 텐데."
"마음의 눈이라고요?"
"그럼, 마음의 눈을 뜬 사람이라면 다른 사람의 마음이 어떤지도 안단다. 그런 사람들은 절대로 우리 안내견들을 못 들어오게 하지 않지."

마음의 눈이라고 이야기했지만 그것은 결국 사랑이다. 누군가를 사랑하고 누군가를 배려한다면 어떠한 불편함이나 어려움도 이겨 낼 수 있다. 그러면 그깟 개털 좀 날린다고 시각장애인에게 상처를 주는 일도 없을 것이다.
이 땅에는 전체 인구의 10%에 달하는 장애인들이 있다. 그러나 그들이 우리의 눈에 자주 띄지 않는 것은 이 세상이 아직도 그들을 밖으로 나오도록 불러내지 않고 있기 때문이다. 불편한 편의시설, 계단, 턱, 화장실, 교통시설 등 모두 힘들고 어려운 것 투성이다. 모든 사람들이 마음의 눈을 가지고 장애인을 봐준다면 장애인들도 우리와 더불어 살면서 얼마든지 자유롭게 이 사회의 따스한 온정을 느낄 수 있다. 시각장애인도 예외는 아니다. 안내견을 통해 세상을 구경하고 그들과 우정을 나눌 수 있기 때문이다.

가끔 내가 강연을 가면 학생들에게 질문을 한다. "안내견 한 마리에 얼마나 할까요?" 그러면 다양한 대답들이 여기저기서 나온다. 500만 원, 1천만 원, 1억…… 그러나 사실 안내견은 공짜다. 시각장애인에게 무료로 분양하기 때문이다. 굳이 가격을 따진다면, 취재할 당시에 물어보니 2억에서 2억 5천만 원 정도가 든다고 한다. 1년에 20여 마리의 안내견을 배출하는 데 50억 가까이 들기 때문이란다. 그들은 아무리 고급 차라도, 안내견 앞에서는 꼬리를 내려야 한다고 했다. 이렇게 비싼 돈을 들여 장애인 한 사람에게 보행의 자유를 주고 이동의 자유를 주는 것. 그것이 바로 마음의 눈을 가진 사람들이 하는 일이다. 사랑은 계산속이 될 수가 없다.

또 하나 남는 의문이 있었다. 진돗개와 같은 명견이

왜 안내견이 되지 못할까?

진돗개는 주인 한 사람밖에 모르는 개다. 그렇기에 파피 워킹을 했다가 훈련소에 데려오기도 힘들뿐만 아니라, 새로운 시각장애인과 호흡을 맞추다가 적응을 잘하지 못할 때 또 다른 시각장애인과 연결해 주기가 어렵단다.

반면 안내견으로 널리 쓰이는 래브라도 리트리버 종은 주인을 가리지 않고 말을 잘 듣고, 머리도 좋아 훈련하는 대로 행동한다고 했다. 그래서 만에 하나, 기존의 시각장애인과 부득이한 사정으로 헤어지게 된다 해도 다른 사람을 만나 또 안내해 줄 수 있다는 거였다. 결국 개들도 개성이 다 다르고, 저마다 할 수 있는 봉사가 다른 거였다.

취재를 마치고 이 작품을 쓰면서 가슴이 아팠던 점도 있었다. 우선 안내견들은 수컷 혹은 암컷의 본능이 거의 없다. 안내견으로 일할 개들은 전부 거세를 시키기 때문이다. 발정기가 오면 일하는 데 상당한 지장을 받으므로, 수컷이나 암컷의 본능을 억제하고 오로지 사람만을 위해 봉사하도록 이런 조처를 취한다.

하지만 더욱 충격이었던 점은, 안내견들이 다른 개들에 비해 오래 살지 못한다는 것이다. 사람을 안내하고 훈련을 받으며 스트레스를 받아서인지 빨리 죽는다고 했다. 안내견을 안내하는 '하네스'라는 도구를 입히면 개가 바짝 긴장을 한다. 일을 해야 한다는 신호로 받아들이기 때문이다. 하네스를 벗기면 비로소 자유로워졌다고 생각해 펄쩍펄쩍 뛰며 해방감을 맛본단다. 우리네 직장인들과도 흡사하다.

이처럼 누군가를 위해 희생하고 봉사하는 것은 개나 사람이나 참으로 어려운 일이다. 사람은 너나없이 이기심을 갖고 있다. 그것은 어찌 보면 자연스러운 것이다. 이타심이 존경을 받는 이유는 바로 본성을 뛰어넘는 것이기 때문이다.

그러나 이런 어려운 일을 우리가 달콤하고, 행복한 일인 것처럼 하면서 보람을 느끼는 것은 다시금 말하지만 우리들 마음속에 따뜻한 사랑이 있기 때문이다. 남에게 도움을 주고, 봉사를 하고, 기부를 하는 사람들이 행복을 느끼는 이유도 바로 그것이다.

안내견이 우리에게 감동을 주는 이유도 다르지 않다. 물론 자의에 의해서는 아니지만 온몸을 던져 시각장애인을 위해 자신을 희생하는 안내견. 그런 안내견의 사랑이야말로 진정한 장애인에 대한 배려이고 장애인들을 마음의 눈으로 봐주는 따뜻함이라고 나는 생각한다.

사람도 그렇게 하지 못하는데.

그나마 우리나라는 안내견이 있다는 사실이 널리 알려져 앞으로의 발전 가능성이 크다. 아직도 중국 같은 나라는 안내견이 한 마리도 없다고 한다. 사족이지만 안내견 탄실이는 중국과 태국 같은 나라에 번역 수출되었다. 중국의 번역본은 안내견을 애완견처럼 그려놓았다. 안내견을 한 번도 본 적이 없기 때문이다. 아직도 이 세상에서 장애인에 대한 인식이 바르게 잡히려면 갈 길이 멀다는 걸 또다시 느끼게 한다.

한 가지 안타까운 건 안내견과 함께 구조견, 청각도우미견을 육성하던 삼성안내견학교가 그 사업을 축소한다는 사실이다. 개가 우리 인간과 여러 각도로 친구가 될 수 있는 기회가 계속 이어졌으면 하는 바람을 가져본다.

마지막으로 나는 내가 만든 탄실이에게 감사의 인사를 하고 싶다. 탄실아, 언제까지나 너의 아름다운 이름이 우리 어린이들에게 오래오래 기억에 남게 되어서 고맙다. 사랑한다.